鬼の花嫁四
～前世から繋がる縁～

クレハ

JN032007

STARTS
スターツ出版株式会社

目次

鬼の花嫁四
～前世から繋がる縁～

プロローグ

多くの国を巻き込んだ世界大戦が起き、その戦争は各国に甚大な被害と悲しみを生み出した。

それは日本も例外ではなく、大きな被害を受けた。

復興には多大な時間と労力が必要とされると誰もが絶望の中にいながらも、ようやく終わった戦争に安堵《あんど》もしていた。

けれど、変わってしまった町の惨状《さんじょう》を見ては悲しみに暮れる。

そんな日本を救ったのが、それまで人に紛れ陰の中で生きてきたあやかしたち。

陰から陽の下へ出てきた彼らは、人間を魅了する美しい容姿と、人間ならざる能力を持って、戦後の日本の復興に大きな力となった。

そして現代、あやかしたちは政治、経済、芸能と、ありとあらゆる分野でその能力を発揮してその地位を確立した。

そんなあやかしたちは時に人間の中から花嫁を選ぶ。

見目麗《うるわ》しく地位も高い彼らに選ばれるのは、人間たちにとっても、とても栄誉なことだった。

あやかしにとっても花嫁は唯一無二の存在。

本能がその者を選ぶ。

そんな花嫁は真綿で包むように、それはそれは大事に愛されることから、人間の女性が一度はなりたいと夢を見る。

けれど、花嫁となった女性は幸せなのだろうか？

最初の花嫁はその運命に翻弄され、最後は若くして命を落とした。

その亡骸は桜の木の下に埋葬された。

愛した人と我が子を残して逝かなければならなかった最初の花嫁に悔いはなかったのだろうか。

恨みはなかったのだろうか。

それは今となっては誰も知ることはできない、本人だけが知ることだ。

1章

『ぎゃあぁぁ！　た～すけて～！』

　早朝の屋敷に響く雄叫び。

　寝起きの柚子《ゆず》はまたかとあきれつつ、身だしなみを整えてから部屋を出ると、黒猫のまろと茶色の猫のみるくに追いかけられている龍が助けを求めて飛んできた。

　柚子の腕に巻きつきほっとする龍に、柚子はやれやれといった様子で龍を受け入れる。

　なおもランランとした目で龍の行方を見つめるまろとみるくの頭を撫《な》でて、落ち着かせる。

　この三匹は同じ霊獣という存在で、あやかしよりも神に近い神聖な生き物なのだが、どうも彼らの日常を見ているとそんなすごい存在とは思えない。

　特に龍など、いつもまろとみるくの獲物となっており、日々追いかけ回されている。

　そこに霊獣などという崇高さは微塵《みじん》もない。

　龍がこの家に来てしばらく経つ。

　以前は一龍斎《いちりゅうさい》という一族に囚われ無理やり護らされていたのを、まろとみるくの活躍でその呪縛から解き放たれた。

　そこからなぜか、今度は柚子を加護すると言ってこの屋敷に居座っているが、加護らしい力を感じたことはない。

それは他の使用人たちも同じで、まろとみるくの遊び相手程度にしか思われていないのが現状だ。

一龍斎の一件では散々迷惑を被《こうむ》ったわけだが、今となってはその時の強く美しい龍と同じなのかと疑問を覚えるほどである。

柚子の二の腕に巻きついてブルブル怯《おび》える龍を連れて、朝食を食べる広間に行く。

広間に入れば、ふたり分の座卓が用意されており、部屋着の和服姿の玲夜《れいや》がすでに座っていた。

目と目が合い、玲夜が優しげに微笑む。

朝からなんと破壊力のある笑顔だろうか。毎朝見ているはずなのに未だにその笑顔が自分に向けられていると思うと気恥ずかしさが柚子を襲う。

「おはよう、柚子」

「お、おはよう」

玲夜のそばには、玲夜が柚子のために作った使役獣である黒髪と白髪の子鬼がふたりいる。

ふたりはトコトコと歩いてくると、柚子と一緒に入ってきたまろとみるくの頭をそれぞれ撫でておはようの挨拶をしている。

「あーい」

「あい」

「アオーン」

「ニャン」

なんとも微笑ましい光景だ。

思わず笑顔があふれるが、龍はまだ怯えている。

『童子《どうじ》どもよ、ちゃんと躾《しつけ》をしておくのだ。こやつら我をおもちゃにしよる』

「あーい」

「あいあい」

子鬼は身振り手振りで龍になにかを言っている。

『むっ。我も悪いと言うのか？』

「あいあい」

こくこくと頷く子鬼に、龍が憤慨する。

『我はなにもしておらぬぞ！』

「あーいあいあい」

『うにょうにょするのが悪いだと？　我とて好きでうにょっておるのではないぞ。これは仕方のないことなのだ。人やあやかしとて息をするであろう？　それと一緒なのである』

「あーい」

何気に会話が成立しているのがすごい。柚子には子鬼たちがなにを言っているか分からないのだが、龍には理解できるようだ。

柚子が突っ立っているうちに、湯気の立った朝食が運ばれてきたので自分の席に座る。

「いただきます」

箸を持って食べ始めた柚子を確認してから玲夜も食べ始めた。

「柚子、今日の予定は？」

玲夜から問われ、いったん箸を置いてお茶をひと口飲む。

「透子《とうこ》の家に課題をしに行くことになってるよ」

今日は祝日なので大学は休みだ。せっかくなので友人の透子の家へ行くことにしていた。家にいても、玲夜は仕事と聞いていたので屋敷にいないだろうと考えていたから。

しかし、玲夜は柚子の予定を聞き、少し残念そうな顔をして「そうか」と口にした。

「玲夜はお仕事でしょう？」

「いや。仕事が片付いたから、今日は休みになった。たまには柚子とデートでもしようかと思っていたんだがな」

入ったりする。

「えっ!?」

それを聞いて、柚子は激しく動揺する。

玲夜は『鬼龍院《きりゅういん》グループ』という日本屈指の巨大企業の社長であり、はっきり言って忙しい。毎週決まって休日を取れるとは限らず、取れたとしても急な仕事が入ったりする。

なので、玲夜と仕事のことを気にせず出かけられるのは本当に貴重なのだ。

「と、透子に別の日に変更してもらえるか聞いてみる!」

食事の途中で立ち上がり、部屋に走ってスマホを手にすると透子に電話をかけた。

電話に出た透子に事情を説明すると……。

『柚子、あんたはいつから友情をないがしろにするような子になったのよ』

「ごめん〜。けど、お願いします!」

友情より男を取ったと非難されようとも、譲れないものがあるのだ。

『もう、しょうがないわねぇ。若様の邪魔したら後が怖いから今回は譲るわ。その代わり次に家に来る時は、なにか手土産持ってきてよ』

不満を述べつつも怒ることなく、仕方なさそうな声で透子は納得してくれる。

「うん、分かった! 透子の好きなスイーツたくさん持っていく。ありがとう、透子〜」

『はいはい。若様によろしくね』

そうして電話を切った柚子は、食事の席に戻る。

どうやら玲夜は食事を止め柚子が戻ってくるのを待っていてくれたようで、食事は冷めてしまっていた。

「ごめん、玲夜。食べてくれててよかったのに」

「柚子がいなければ味気ないからな。気にするな。それで、どうなった？」

「うん、別の日にしてくれた。玲夜によろしくって」

「そうか」

ふっと優しく笑みを浮かべる玲夜は非常に機嫌がよさそうで、柚子も嬉《うれ》しくなる。

「なら、早く食事を終わらせて出かける準備をしよう」

「はーい」

柚子は大急ぎでごはんを口に放り込んだ。


食事を終えた柚子は部屋に戻り、いつも以上に念入りにメイクをして一番のお気に入りである花柄のシフォンワンピースを選んで念入りに着飾った。

滅多にないデートだ。普段大学に行くのとは気合いの入れ方が違う。

それを柚子専属の使用人である雪乃《ゆきの》がせっせと手伝ってくれ、急いで完成させた。

なにせ、身だしなみを整えるだけに時間を使っていては、この後のデートの時間がもったいない。それはもう、最速で動いた。

「雪乃さん、変なところないですか？」

「大丈夫ですよ。いつも通りかわいらしいです」

ニコニコとしながら言う雪乃のお世辞は本気かどうか分からないので困る。だが、これ以上時間を費やすわけにもいかないので、バッグを持って部屋を出た。

すると、後を追いかけてきた龍がするりと二の腕に巻きつく。

「ついてくるの？」

『もちろんだ。我は柚子を加護しておるのだからな』

本音では玲夜とふたりきりがよかったが、いずれにしろ護衛はついてくるのだろうから同じことかと思い直す。

「静かにしててね」

『心配するでない。我とてそんな野暮ではないよ』

それに安心して玄関に向かえば、すでに玲夜が待っていた。

普段見かけるスーツや和服ではない、ストライプのシャツにブルーのジャケットと黒のズボンという爽やかでラフな格好をした玲夜に柚子はくらりとする。

さすがにスーツ姿や和服姿には慣れたが、見慣れぬその格好はいつも以上の破壊力があった。

思わず玄関にあった鏡に映る自分を見て考えてしまう。

この玲夜の隣に立っていいのだろうか……。

しかし、柚子の心の葛藤など知るよしもなく、玲夜は柚子に手を差し出した。

「どうしたんだ、柚子。行くぞ」

「はい……」

なんとなく負けた気がしつつ玲夜の手を取って、車に乗り込んだ。

「どこに行くの？」

デートと喜んだものの、場所を決めていないことに気が付く。

「先に呉服店だ」

「呉服店？　着物なら私もうたくさん持ってるよ？」

玲夜の母親である沙良《さら》が若い頃に着ていた着物を、柚子は複数譲られていた。とても質のよいもので、どこへ着ていくのにも恥ずかしくない物ばかりだ。

沙良からだけでなく、玲夜の父親の千夜《せんや》からも、初孫を喜ぶじいじのように、たくさんの新品の着物が贈られてきた。

これにはお返しに困ったが、玲夜から『電話のひとつでもかけておけば問題ない』と言われた。

さすがに電話のみで済ませるわけにはいかないので、着物の値段には遠く及ばないが、気持ちを込めた菓子折に手紙を添えて届けたのだ。

その後、嬉しそうな声で電話をしてきたので、一応喜んでもらえたようだとほっとひと安心した。

なので、着物には困っていないのだが……。

「あれらは普段用だ。今日買うのは今度桜子《さくらこ》と高道《たかみち》の結婚式に着ていくためのものだ」

「えっ！　ふたり、とうとう結婚式するの!?」

「ああ」

玲夜の秘書である荒鬼《あらき》高道と、その婚約者である鬼山《きやま》桜子。

ふたりの結婚式は当初もう少し早く行う予定だったのだが、一龍斎の問題で延び延びになっていた。

年内のつもりが年を越してしまい、桜子も大学卒業を控え、いつ結婚式が行われるのかと心配していたのだが、ようやく式の日取りが決まったようだ。

「結婚式はいつ？」

「大学の卒業式の翌週だ」

「うわぁ、楽しみ」

きっと桜子の婚礼衣装は綺麗《きれい》に違いない。

「玲夜、カメラ。カメラが欲しい！」

結婚式当日はパパラッチと化すのだ。

プロ仕様の本格的なのが欲しいが、さすがに値段もするのでそこまでねだれない。

まあ、玲夜からしたらカメラの値段ぐらい、はした金なのだろうが。

なにせ、あやかしのトップであり、政界・経済界に多大な影響力を持つ鬼龍院一族の次期当主だ。

これまで鬼龍院と対等な影響力を持っていた一龍斎は、龍の加護を失ってしまってから少しずつその力を落としていた。まだまだ緩やかだが、確実に坂を下っている。

きっと鬼龍院の一強となる日はそう遠くないだろう。

「カメラか。なら着物を決めた後だな」

「うん！」

着いたのはなんとも歴史を感じさせるお店で、どうやら江戸時代から続く高級呉服店のようだ。鬼龍院御用達で、当主夫妻と玲夜はずっとここで着物を買っているらしい。

「ようこそいらっしゃいました、鬼龍院様」

店に入ると、妙齢の品のいい女性がお辞儀で出迎えてくれる。

「あらあら、もしかしましたら、そちらのお嬢様が鬼龍院様の花嫁様でいらっしゃいますか？」

「ああ」

「ようこそお越しくださいました」

丁寧にお辞儀され、柚子も慌てて頭を下げる。

「今日はどのようなご入り用ですか？」

「今度結婚式に出席するから、そのための柚子の振袖を。俺のも合わせて用意してくれ」

「かしこまりました。すぐに何点か見繕って参りますね」

そう言って女性は奥に消えていき、柚子と玲夜は別の店員に個室に案内された。

個室で待っていると、先ほどの女性が数名の従業員を連れてたくさんの着物を持って入ってきた。

「うわぁ、すごい」

柚子の前に色とりどりの着物が並べられていく様は壮観だ。

「柚子、好きなのを選べ」

玲夜は簡単にそう口にするのだが……。

「選べと言われても……」

どれもこれも美しい色と柄で目移りしてしまう。ひとつに絞るのはかなり難しい選択だ。

「うーん」

鏡の前で着物を合わせてみては別の着物を合わせ悩む柚子を見て、妙齢の女性が新しい着物を差し出してきた。

「花嫁様、こちらなどいかがでしょう？　当店でもおすすめの品ですよ」

その着物はクリーム色と薄ピンク色のグラデーションが綺麗な中振袖だった。明るく華やかな花柄だが、それほど華美すぎず、とてもかわいらしい。

柚子はひと目で気に入った。

柚子のことならわずかな表情の変化にも気付く玲夜が、すぐに察したようだ。

「決まったようだな。では、それを。俺のは柚子の着物に合うものを適当に見繕って屋敷に届けてくれ」

「かしこまりました。ありがとうございます」

自分の物は適当にと言う玲夜に、柚子は問う。

「玲夜のはそんな簡単に決めていいの？」

「ああ。ここの付き合いは長いからな。任せても下手なものは出さないと信用している」

チラリと玲夜が女性に視線を向けると、女性はにっこりと微笑んで静かに頭を下げた。


呉服店を後にした柚子と玲夜は次に家電量販店へ。

飲食店のフロアなども入っている複合施設である大きなビルへ玲夜と腕を組んで入っていくのだが……。

周囲から感じる視線、視線、視線……。

主に女性からの視線が多く、通り過ぎた人がわざわざ振り返って玲夜を凝視していたりするからすごい。

玲夜の顔面偏差値がいかに高いかが分かるというもの。二度見されるほど視線を集めてしまう容姿は、ある意味凶器だ。

柚子は周囲の視線が気になって仕方がないが、玲夜はどこ吹く風。

よくよく思い返せば、玲夜と一緒に一般人が多くいる町中に出ることはほぼなかった。

人混みするところを玲夜があまり好いていないようだというのもあるが、基本的に車移動なので、こうして腕を組んで外を歩き回ることがないのだ。

欲しいものも気が付けば屋敷の人が用意してくれるので、わざわざ店に出向く必要がこれまでなかったというのもある。

カメラが欲しくて勢いで来てしまったが、失敗だったかもしれないと少し反省する。玲夜には迷惑だったかもしれない。

しかし、視線は気になるものの、こうして普通のデートを玲夜とできるのは素直に嬉しかった。

自然と柚子の表情もほころぶ。

「嬉しそうだな、柚子」

「うん。玲夜とデートできて嬉しいの」

「そうか」

玲夜はそれは甘く優しい微笑みを柚子に向ける。そして人目があるにもかかわらず柚子の腰を抱き寄せて頭にキスを落とす。

周囲から女性の悲鳴のようなものが聞こえた気がしたが、空耳で済ませることにした。あまり気にしてはきりがない。

だから、周囲から「あれ彼女かな？」とか、「妹じゃない？」とか、「いや、どっちもあり得ないでしょ、ブスじゃん」などの声が聞こえてきたとしても無視が一番だ。

だが、柚子に聞こえているということは当然玲夜の耳にも入っており、彼はそんな人たちをジロリとにらみつけている。

さすがににらむ以上のことはなかったが、柚子は気が気でない。

すると、なんの前触れもなく突然雨が降った。

不自然なほど一点集中な雨で、狙ったかのように、先ほどヒソヒソと柚子を悪く言っていた人たちだけをずぶ濡《ぬ》れにした。

「きゃあ！」

「なによこれ⁉」

「最悪！」

龍は柚子の腕に巻きついて『カッカッカッ』と、極悪な顔をして笑っている。

玲夜は口角を上げ、「よくやった」と龍を褒めて機嫌をよくしたのだった。

後には青い空にかかる虹が残された。

家電量販店へと足を踏み入れた柚子は、脇目も振らずカメラが置かれている場所へ向かう。

「うーん、種類が多すぎて分からない……」

本格的な一眼レフだとか、ミラーレスだとか、デジタルカメラだとか、カメラに詳しくない柚子には、なにが違うのかちんぷんかんぷんだ。

困って玲夜を見上げるが、興味がなさそうにしている。

「どうしよう……」

「決まらないのか？」

玲夜が柚子の顔を覗《のぞ》き込む。

「どれがいいのか分からない。一眼レフの方が綺麗に撮れそうだけど、高いし、思ったより大きいし。でも、せっかくの桜子さんの晴れ舞台を綺麗に残したいし……」

「柚子にはこれぐらいがちょうどいいんじゃないか？」

玲夜が選んだのはコンパクトなデジタルカメラ。手のひらサイズで軽くて小さく、柚子にも使いやすそうなかわいらしいデザインのものだ。

「綺麗に撮れるか心配しなくても、父さんと母さんがすでにプロのカメラマンを手配済みだ。両家の親よりやる気満々だからな」

「あはは……。おふたりらしいね」

「だから、綺麗に撮れるかより、扱いやすさを考えたらいいんじゃないか？　一眼レフをずっと持ったままじゃ柚子が疲れる。それに最近のデジタルカメラも性能はいいぞ」

「そうなんだ」

そこで柚子は気付く。玲夜が選んだカメラを作っているのが、鬼龍院グループの会社であることに。

どうりで玲夜が製品を褒めるわけである。自社製品なのだから、それは自信を持って勧めるだろう。

というか、ここにも鬼龍院の力が及んでいることに柚子は素直に驚いた。

「じゃあ、これにする」

「色はどうする？」

「かわいいから、ピンク色ので！」

そうして、柚子はカメラをゲットした。

カメラを手に入れた柚子は、次に上の階にある飲食フロアに向かう。

普段玲夜と出かける時に食べているような高級店とは違う、ごくごく一般的な価格帯のお店が並んでいた。

昼食時とあって、どの店も賑《にぎ》わっている。

「玲夜、なにが食べたい？」

「柚子の食べたいものでいい」

「またそういうことを……」

玲夜と暮らして数年経つが、未だ柚子は玲夜の嗜好《しこう》をよく知らない。

好きな食べ物も知らないとか、恋人として問題ではなかろうかと思う。

逆に玲夜は柚子の好みはばっちり頭に入っていて、会社帰りのお土産も、実に柚子のツボを押さえたものを買ってくるのだ。教えた覚えはないのに、柚子のわずかな反応で、どれが好きかを言い当ててしまう。

柚子も見習おうと思うが、食事の時の玲夜を観察していてもなにが好みかなどいっさい読み取れない。なにを食べていても表情が変わらないのだ。

唯一表情が緩んだのは、バレンタインに柚子が作ったチョコや、少し前に玲夜のために作ったお弁当だった。

その時ばかりは美味《おい》しそうな表情で食べてくれた。

しかし、お弁当の中の一番好きなおかずを察することができなかったのは残念だ。なにせどれが美味しいかと問うても『全部』と言うのだから、嬉しい反面、好みが判明せず困ったのを覚えている。

玲夜なら真っ黒焦げの食べ物を出しても『美味しい』と食べそうな勢いだった。

「私は玲夜の好きなものが知りたいのに」

本当に今さらすぎる願望。

普通そういう趣味嗜好などは付き合い始め……まあ、柚子の場合は一緒に暮らし始めたのが先だが、そばにいれば話題になることだろうに、柚子はまだ玲夜を分かりきってはいない。

それが非常に不満である。

「玲夜が食べたいもの！　玲夜が好きなもの教えて！」

どんな答えが返ってくるかと真剣な眼差しで見つめていると、玲夜はしばし考え込んだ後、口角を上げた。

「ひとつだけある」

「なに!?」

期待する柚子の耳元に顔を寄せ囁《ささや》く。

「柚子」

「……っ！」

一拍の後、意味を理解した柚子の顔に一気に熱が集まる。

「玲夜！　こんなところでなに言ってるの!?」

赤くなった顔で叱りつければ、玲夜はクックッと笑った。

完全にからかわれている。柚子には甘い玲夜のことなので半分本気かもしれないが、柚子の反応をおもしろがっているのは確かだ。

「もういい。あのお店にしよう」

玲夜に聞くのはあきらめて、勝手に店を決めてしまう。

選んだのは若い女性でいっぱいのパンケーキのお店だ。人気なのか、店の前には列ができている。

その最後尾に並ぶと、玲夜が珍しく戸惑うような反応を示した。

「並ぶのか？」

「もちろん」

なぜそんなに玲夜が不思議がっているのか柚子は分からないでいる。

「パンケーキ嫌だった？」

「そうじゃない。こんなふうに並んだのは初めてだ」

何度も言うが、玲夜は鬼龍院の次期当主である。

彼が行く高級店では、玲夜が来店したらすぐに席が用意される。

一般人のように、列に並ぶようなことはないのだ。

とはいえ、初めてと言われたのには柚子もびっくりした。

普段は一般的な価格のお店になど入らないのだろう。確かに、玲夜がパンケーキのお店に並んでいる光景は違和感がありすぎる。

「玲夜、ファミレスとか入ったことある？」

「ないな」

やはりというか、やはりだった。

「じゃあ、今度一緒に行こう」

セルフサービスのドリンクバーの前で戸惑っている玲夜をぜひとも見てみたいと、柚子のいたずら心が刺激される。

「なにか企んでいないか？」

「全然」

柚子は想像しただけでクスクスと笑う。

ドリンクバーどころか、メニューの安さにも困惑するに違いない。

しばらく待っていると、ようやく柚子たちの順番がやってきた。

なにを頼むのか、じっと玲夜を観察していると、いちごたっぷりのパンケーキを選んだ。

柚子は意外そうな眼差しを向ける。

「玲夜はいちごが好きなの？」

やっと玲夜の好きな物が判明したと嬉しい反面、いちごなど屋敷で出てきたことはあっただろうかと疑問に思う。

柚子にも悟らせない玲夜のことだから、屋敷の料理人も知らないという可能性も捨てきれないかと考えを改めたのだが……。

「いや、柚子が食べたそうだから」

「私？」

なぜそこで自分の名前が出てくるのか分からない。

「どっちにするか迷っているんだろう？」

「………」

本当によく観察していると、柚子はがっくりする。

玲夜が言うように、いちごのパンケーキにするか、バナナチョコのパンケーキにするかで悩んでいたところだった。

「玲夜は私に甘すぎる……」

そう、パンケーキに乗っている生クリームよりも。

「柚子を甘やかすのが生き甲斐《がい》だ」

クスリと笑う玲夜は誰から見ても魅力的で、周囲の視線を集めているにもかかわらず、柚子は彼から目が離せなかった。

注文したパンケーキがテーブルに並べられ、柚子の目が輝く。

とりあえずスマホで写真を撮ってから口に入れると、ほどよい甘さが口に広がった。

「美味しい～」

『我にもくれ』

それまで静かに柚子の腕に巻きついていた龍が、パンケーキを前に辛抱たまらんとばかりにテーブルの上へ移動して大きく口を開ける。

龍なのに食事をするのかと最初は疑問に思ったが、よく考えれば同じ霊獣であるまろとみるくは毎日ごはんを食べている。なのでおかしなことはないだろう。

チョコがたっぷりかかったところを龍の口に入る大きさに切って持っていくと、がぶりと食らいついた。

『美味《びみ》ぃ～』

「でしょう。バナナも食べる？」

『食べる！』

バナナも口に入れてやれば、龍は恍惚《こうこつ》とした顔で尻尾をうねらせている。まろとみるくがいれば確実に猫パンチが飛んでくるだろう。

それをおもしろそうに眺めていると、不意に柚子の目の前にパンケーキが。

視線を向ければ、玲夜がいちごの乗ったパンケーキを柚子に差し出している姿が目に入った。

「ほら、柚子。口を開けろ」

「えっ、えっ」

食べさせてくれようとしているのだと分かったが、人前であーんをしろというのかと柚子は動揺する。

しかも、人目を惹《ひ》く容姿をしている玲夜がいることで、チラチラと周囲から視線が向けられているというのに。

なんという羞恥プレイ。

しかし、玲夜はそんなこと気にするでもなく、急かすように差し出してくる。

玲夜が引く様子はなく、柚子は周りを気にしながらも仕方なく口を開けた。

もぐもぐと食べる柚子の姿に満足そうな玲夜は、視線をどこかに向ける。

どうしたのだろうと視線の先を追えば、恋人らしき男女がパンケーキの食べさせ合いっこをしていたのである。

柚子は納得した。

どうやら玲夜はあれと同じことをしたくなったようだ。

ということは、次に待っているのは……。

玲夜に視線を戻せば、玲夜が期待に満ちた眼差しで待っている。

これを無視し続ける強さは持っていなかった。

「れ、玲夜、食べる？」

「ああ」

「じゃあ、はい」

どこぞのバカップルと同じように、口を開けた玲夜に食べさせる。

「甘いな」

「チョコだもん」

文句らしきものを口にしつつもどこか嬉しそうにされれば、柚子はなにも言えなくなってしまう。

パンケーキを食べ終えて店を出た柚子たちは、特に目的もなくぶらぶらと歩く。

ただ普通に腕を組んで歩いているだけだが、そんなことすらこれまでしていなかった。特に最近は一龍斎の問題で玲夜は忙しくしており、休みもなかなか取れていなかったのだ。

なので、ふたりで歩くこの時間が、柚子はどうしようもなく嬉しくて仕方がない。

時間はあっという間に過ぎ去ってしまう。

「そろそろ、帰るか」

「えっ」

気付けば予想以上の時間が経っていた。

残念に思いつつも、いつまでもこうしているわけにはいかないことも分かっている。

一気にテンションが下がってしまった。

そんな柚子を見て玲夜は柚子の頭に手を置く。

「また来ればいい」

「……うん」

その『また』がいつになるかは考えないことにした。そうしてしまうと、より一層落ち込んでしまいそうになるから……。

沈んだ顔をする柚子に苦笑を浮かべた玲夜は、余韻を楽しむかのように柚子の手に手を絡ませてゆっくりと歩きだした。

待たせている車のいる方向へと仕方なく足を向けたところで、ある店が柚子の目に留まる。

宝くじ売り場だ。

「あっ」

思わず足を止めた柚子につられ、玲夜も止まる。

「どうした、柚子？」

「あれ」

「宝くじ売り場？」

大きく書かれた『キャリーオーバー発生中』という文字が目に入ってくる。

「最後にあそこ寄っていっていい？」

「宝くじを買うのか？」

「うん。当たるかなと思って」

「そんなものに頼らなくても、欲しいものなら俺が用意するが？」

玲夜には、わざわざ宝くじで当選金を狙う理由が分からないようだ。

それもそうだろう。お金に困ったことがない玲夜に、一般人が一度は見る一攫千金《いっかくせんきん》の夢を宝くじに託す必要はない。

けれど、柚子もお金が欲しくて買うわけではなかった。

「そういうんじゃなくて、なんていうのかな、確認？」

「なんの確認だ？」

「だって、全然なにかが変わった気がしないんだもん」

そう言って、柚子は腕に巻きつく龍に視線を向けた。

「龍の加護って眉唾物なのかなって」

『なんだと⁉』

聞き捨てならなかった龍は大層おかんむりだ。

『我の加護は本物だぞぉ！　本当に本当なのだからな！』

本当だと連呼するほど疑わしく感じてしまう。

「でも、加護してもらう前となんにも変わった気がしないし……」

『それはすでに柚子が加護が必要ないほど幸せということだ。決して、決して我の力が嘘《うそ》っぱちなわけではないのだぁ！』

憤慨する龍の頭をぽんぽんと撫でて落ち着かせる。

「龍の加護は富を与えたりもするんでしょう？　それならって、前に透子が『宝くじでも買ってみたら加護されてるか分かるんじゃない？』って言ってたから、試しに買ってみようかなぁと」

『よし、ならば我が力をとくと見せてくれようぞ！　いざ行かん！』

鼻息を荒くする龍について、宝くじ売り場へ行く。

そこで買ったのは、宝くじ一枚だけ。

これで本当に当たったらすごいが……。

「玲夜、当たると思う？」

「龍の気合い次第だろう」

玲夜はあまり興味がないらしく素っ気ない。当たろうが、当たるまいがどうでもいいようだ。たとえ当たったとしても玲夜にとったらお小遣い程度のものなのだから。

当てる気満々で燃えている龍とは温度差が激しい。

半信半疑のまま、柚子は家路についた。

＊＊＊

そんな楽しいデートから数日後、柚子は透子に会いに、彼女が暮らす猫又の猫田《ねこた》東《とう》吉《きち》の家を訪れていた。

透子を花嫁に選んだ東吉は不在のため、今日は透子とふたりきりだ。

ふたりきりとはいっても、玲夜とのデートにはついてきていなかった子鬼たちが一緒にいる。

そこには当然のように龍もいて、隣でお茶をすすっていた。

「柚子、若様とのデートどうだったの？」

「楽しかったよ。パンケーキのお店に行ったりして」

すると、なぜか透子が笑いだした。

「あはは、若様とパンケーキの組み合わせ、似合わないわぁ」

「そんなに笑わなくても……。普通のデートで私は楽しかったけどなぁ」

玲夜と出かけると、どうしても柚子の身の丈に合わない玲夜仕様の内容となってしまうので、普通のデートが逆に新鮮で楽しかった。

「透子はにゃん吉君とどんなところでデートしてるの？」

「当然、私が行きたいところに行くわよ」

「当然なんだ。そんな気はしてたけど……」

東吉の苦労が偲《しの》ばれる。完全に尻に敷かれているようだ。

まあ、普段のふたりを見ていれば分かることではある。

「柚子はもっと自己主張した方がいいわよ～」

「ちゃんとしてるよ。……できるようになったっていう方が正しいかもしれないけど」

以前、一龍斎との問題が起こった時、玲夜は柚子を心配させまいとなにも話そうとはしなかった。

そんな玲夜との距離感に思い詰めた柚子が家を出ていくとまで言って怒りを爆発させたのだが、それによりお互いに本音をぶつけ合えた。

そして、その後のプロポーズ。

左手の指に光る玲夜の瞳のように紅い指輪と共に、桜の木の下で誓った想いが、ふたりの心の距離を縮めたのだ。

それからは、柚子もなんとなく玲夜との間にあった〝遠慮〟という見えない壁が取れ、以前に比べると言いたいことを言えるようになったと思う。

さらに、そのことがふたりの結びつきを強くしていっているようにも感じていた。

「仲がいいのはいいことだわね。一時はどうなるかと思ったけど」

透子が例の一龍斎の時のことを言っているのだとすぐに分かった。

「その節はお世話になりました」

うじうじと悲嘆に暮れる柚子の背中を引っ叩《たた》き、無理やり玲夜と向かい合わせたのは透子だった。

彼女がいなければ、玲夜との仲は壊れていたかもしれない。そう考えると、透子には頭が上がらない。

「もう、ああいうのはごめんよ。若様むっちゃ怖いし」

「たしかに怒らせたら駄目な人ではあるけど、玲夜は結構透子のこと好きだと思うよ」

「あら嫌だ、にゃん吉と取り合われちゃうのかしら」

恥ずかしそうに頬に手を添える透子に、柚子はじとっとした眼差しを向ける。

「そういう意味じゃないから」

「分かってるわよ。まあ、若様にはいろいろと融通してるからね」

「融通？　なにを？」

「そりゃあ、柚子の隠し撮り写真とか、若様と会う前のあれやこれやを」

聞き捨てならない言葉に、柚子は身を乗り出した。

あれやこれやが一番気になる。いったいなにを渡したというのか。

玲夜からはそんなこと一度も聞いたことはないのだが。

「なにそれ！　変な物渡したり話したりしてないよね!?」

「さあ、それはどうかしら」

「透子ぉ～」

半目で怒りを膨らませる柚子にも、透子は動じない。

「玲夜に変なの渡してたら、にゃん吉君にだって透子の恥ずかしいこといろいろと暴露してやるんだからね」

付き合いが長いのはお互い様。柚子とて透子のネタはたくさん持っている。

「おほほほ、私とにゃん吉の間に隠し事はないわよ～。柚子と違って猫被ってないし」

「私だって被ってないわよ」

「どうかしらねぇ」

「じゃあ、にゃん吉君に出会う前に付き合ってた中学時代の元彼の話はしていいのね？」

そう確認すると、それまで柚子の反応を楽しんでいた透子が顔色を変えた。

「いや、柚子！　それはマズイから！」

「ほら、駄目な話題あるじゃない。なんなら、その元彼のこと話してもいいんだからね」

透子の反応を見て勝利を確信した柚子は言い募る。しかし、透子とて黙ってはいない。

「そんなことしたら、こっちだって柚子が中学の時に付き合ってた彼氏とのファーストキスの話を若様に教えるわよ」

にらみ合うふたり。

そして互いに無言になる。

「…………」

「…………」

沈黙を破ったのは柚子からだった。

「やめよう。これ以上はとてつもなく嫌な予感がする」

その提案に、透子もすぐに矛を収めた。

「まったくだわ。危うく藪《やぶ》から蛇が出てくるところだった」

ふたり共、ここに玲夜と東吉がいなくてよかったと安堵しながらお茶を飲み、気を取り直す。

そして透子が話しだしたのはこれまでの話とはまったく関係のないこと。

「そういえば、この前宝くじ買ったって言ってなかった？」

「うん。買ったよ」

「当たったの？」

「まだ見てないや」

柚子が買ったのは毎週抽選が行われる宝くじで、一等が出なければ翌週にキャリーオーバーされる。

購入日にはキャリーオーバーが何度も発生していて、当選金額が爆上がりしていた時だった。

すでに抽選は終わっているので、当選番号が発表されているはず。

「ちょっと見てみてよ。加護ってのがどんなもんか気になるし」

「世の中そううまくいかないと思うけどなぁ」

透子に促されて宝くじを取り出す。

柚子は龍の加護を全然信用していない。透子もどちらかというとその状況を楽しんでいるだけのよう。

しかし、そこで口を挟むのは、加護の力を疑われている龍である。

『そなたら、本当に我を信じておらぬな！　絶対のぜーったいに我の加護はすごいのだぞ！　断言する。その宝くじは当たっている！』

柚子と透子が浮かべる笑みは完全に疑っている顔だ。

柚子がスマホで当選番号を検索すると、画面に番号が表示された。

それをひとつひとつ確認していくにつれ、柚子の表情が変わっていく。

「えっ？」

驚いた顔をする柚子に、透子は不思議がる。

「柚子？」

「いや、ちょっと待って……」

真剣な顔で、何度も何度も穴が開くほどスマホの画面と宝くじを交互に見ている柚子。

なにかを察した透子の口元も引きつってくる。

「えっ、ちょっとやだ、柚子。冗談よね？」

「あ、当たってるかも……」

「嘘でしょう!?」

透子は柚子から奪うように宝くじをひったくり、画面の数字と示し合わせていく。

「やだ、本当に当たってる。柚子、当選金額は？」

「ちょっと待って。えっと、一、十、百……じゅう、おく……」

「十億!?」

ふたりは顔を見合わせて乾いた笑い声をあげる。

「は、はは……。偶然、じゃないよね。こんなの」

「加護は本当だったってこと？」

柚子と透子が信じられない思いで龍へと視線を向ければ……。

『どうだ、見たか我の真なる力を！』

したり顔でふんぞり返る龍がいた。

「透子、どうしよう、これ」

「私に聞かないでよ。柚子のでしょうが」

「私こんな大金持ってるの怖い！」

「だからって、当たったものはどうすることもできないでしょう」

柚子は頭を抱えて悩んだ結果……。

「よし、玲夜に渡そう」

「あ、現実から目を背けたわね」

「だって、こんな大金どうしたらいいか分かんないし。それに学費とか今までお世話になった分ということで」

これまで散々柚子にお金を使ってくれたのだ。そのお返しと思えばいい。

「若様が受け取るかしら？」

「うーん……」

玲夜のことだ。自分のものを柚子のものとしても、柚子のものを自分のものにはしないと予想される。

「まあ、使い道は若様に相談すればいいじゃない」

「そうする」

柚子が十億などという大金を持っていても手に余る。玲夜を頼るのが賢明だろう。

それにしてもだ。

「やっぱり加護は本物ってことなのかな？」

『だから、ずっと我がそう言っておるではないか！』

まだ疑うのかと、龍は目をくわっと見開く。

「まあまあ。柚子だってこれで信じたんじゃない？　ねぇ、柚子？」

透子は荒ぶる龍を、どうどうと落ち着かせる。

「うん。というか信じざるを得ないというか……」

実際に富を得たのだから、信じなくては龍がかわいそうだろう。

たまたまだなんて言うほど自分の運がいいわけではないと分かっている柚子は、龍の加護を初めて実感したのだった。

予期せぬ大金を手にして困り果ててしまった柚子は、屋敷に帰ってすぐに玲夜に相談した。

「玲夜、この間の宝くじなんだけど……」

「当たったのか？」

柚子の表情を見てそう判断した玲夜は、少しも驚いていない。

「驚かないの？」

「柚子のように疑っていないからな。龍の力が本物だということは、あやかしなら誰でも分かる。まとう霊力が桁違いだからな」

「そうなんだ」

人間である柚子にはまったく分からない感覚だ。

「そもそも、これまでずっと一龍斎の権力を護っていた存在だ。本人がやる気なら宝くじぐらい当てるだろう」

と、玲夜はなんともドライな反応だ。

「このお金どうしたらいい？」

「柚子の好きに使ったらいい」

玲夜から返ってきた言葉は予想通りのもの。

「玲夜ならそう言うと思ったけど、十億だよ!?　無理、こんな大金持ってるの怖い！」

「別に現金で持ち歩くわけではないだろう。銀行に入れて、必要な時に取り出したらいい。柚子は俺から援助されることに遠慮があるようだから、俺に相談せずに使える資金があった方がいいと前々から思っていたんだ。俺としては気にせず頼ってもらいたかったから様子を見ていたが、いつまで経っても柚子は気になるみたいだからな」

「すみません」

玲夜に残念そうな表情をさせていることが申し訳なかったが、庶民的な気質はそう簡単に治らない。

こういう遠慮もよくないのではと思いつつも、なんの働きもしていない柚子は玲夜から無償で与えられるさまざまな物をもらうことに忌避感がどうしてもあった。

以前はしていたバイトも、止められたままで再開の様子はない。

それとなく玲夜にねだってみるが、一龍斎の問題で今は忙しいから柚子にかまっていられないと、なんだかんだでなあなあにされている。

「柚子らしいが、金のことに関してはちょうどいい機会だ。柚子の口座を作って入れておくよう高道に伝えておく」

こちらで換金しておくから渡してくれ、と言うので、なんの迷いもなく玲夜に宝くじを渡す。

「それでも十億は多すぎるよ。しかも龍の加護のおかげとか、なんだかズルしたみたいで気が引けて……」

確認のためだと自分で買っておきながら、いざ当たるとその金額の大きさに腰が引けてしまう。本気で困っている柚子を見て、玲夜は愉快そうに口角を上げる。

「柚子は小心者だな」

「だって、億だよ、億！」

普通の感覚を持つ者なら、嬉しいを通り越して怖いと感じてもおかしくない。

ましてや柚子は二十歳になって間もない。やっとお酒が飲めるようになった年齢だ。

「ならばその金を使って、これまで柚子を大事にしてくれた人に孝行でもしたらどうだ？」

「大事にしてくれた……？」

すぐに柚子の頭に浮かんだのは、祖父母の顔である。

両親の愛情に恵まれなかった柚子へ、最大限の愛情を注いでくれた人たち。玲夜と同じぐらい大切な、柚子に残された家族と思えるふたりだ。

祖父母孝行のためなら、柚子も出し惜しみなどしない。

「そっか、おじいちゃんとおばあちゃんに……」

柚子は玲夜の顔を見上げてぱあっと明るい笑顔を見せる。

「玲夜天才！」

玲夜は、無邪気に喜ぶ柚子を見て、優しい表情を浮かべ頭を撫でた。

「喜ぶのはいいが、だからといって現金で渡さないようにな」

「えっ、駄目？」

現金で半分ぐらいどーんと渡す気でいた。

「さすがにそれは腰を抜かす。心臓でも止まったらどうする」

「縁起でもない。でも、確かにびっくりするかも……」

突然柚子から現ナマで五億を贈られたら、普通は驚く。年寄りの心臓によくないのは明白だ。

「ならどうやって渡そうかな」

大金が入ったからと欲しいものを聞いても、柚子に遠慮して本音は話してくれないだろう。

どうしたら本音を言ってくれるのかと考えに考えた結果、思いついたのは……。

「宝くじが当たった話はせずに、もし宝くじが当たったらなにが欲しいかって聞いてみようかな」

そうすれば、まさか本当に当たっているとは思わず、素直に欲しいものを口にするかもしれない。

案外いいアイデアではないかと自画自賛して、後日祖父母の家に行って実行してみようと決めた。

ちなみに当選した宝くじは、翌日には十桁の数字が書かれた通帳となって柚子の手元に返ってきたのだった。

2章

本日は桜子と高道の結婚式だ。

めでたい日に相応《ふさわ》しい、綺麗な青い空が広がっている。

柚子は朝早くから支度に大忙しだった。朝食を食べる暇もなく雪乃や他の女性の使用人たちの手を借りて着付けにヘアメイクにと慌ただしく動き回っている様子を、猫たちや龍が見ている。

『おなごというのは、どの時代も身支度する時は恐ろしく力を入れるのだな』

しみじみとつぶやく龍はいったい誰と比較をしているのか。

『対して変わらぬだろうに』

その瞬間、柚子たち女性陣が鋭い目つきで龍をにらんだ。きっとここにいる全員を敵に回したことだろう。

「文句言うなら連れていくのやめようかな」

「ええ、ええ。それがよろしいと思いますよ、柚子様」

にっこりと微笑む雪乃に、他の使用人たちも怒りを含ませた笑顔で頷いた。

『なんと！　それは困る』

「じゃあ、つべこべ言わずに大人しくしてて！」

『別に我は文句を言っているわけではないぞ。そうやってわざわざ自分を飾りつけるおなごの思考が分からぬだけだ』

「それを文句って言うの。自分は裸のくせに」

龍はゆっくりと自分の姿に目を落とし、しばしの沈黙の後、恥ずかしそうに怒りだした。

『我はありのままの姿が美しいのだぞ！　見よ、この神々しい我が姿を。そのように服を着るなど邪道だ！』

「ふーん。じゃあ、これはいらなかったみたいね」

『なんだ？』

柚子の手にあるのは、花飾りにチェーンがつながったものだ。

「せっかくの結婚式だから、あなたにも飾りが必要かなと思って作ったんだけど……」

めでたい日に合うように紅白の生地を使ったつまみ細工の花。それを複数組み合わせた首飾りは、龍の首周りのサイズを測ったのでぴったりだ。

ここ数日をかけて、柚子がコツコツと手作りした。我ながらうまくできたと思う、自信のある一品である。

「飾りなんて女がする無駄な物みたいだし、これは分解して再利用しようかな」

そう言うと、龍は慌てたように柚子の元にやってきた。

『いや、うむ、その、結婚というめでたい日だからな、多少着飾るのも必要なことだろう』

分かりやすい手のひら返しに、柚子はクスクスと笑う。

『結婚式に出席するなら、我もそれなりに身なりを整える必要があると思うのだ、うん』

そして、期待に満ちた眼差しで見られては意地悪もできず、仕方なしに柚子はお手製の首飾りを龍の首につけてやった。

すると龍は鏡の前に近付き、まるでモデルのようにポーズを取り始めた。

『むふふふ。悪くないな』

どうやら気に入ってくれたようで、柚子も頬を緩ませる。

そして柚子も玲夜に買ってもらったクリーム色と薄ピンク色のグラデーションが美しい中振袖を着て鏡の前で確認する。髪はアップにして大きなリボンに花を合わせたかわいらしい髪飾りで華やかに彩っている。

残りの準備を終えると、子鬼がゆっくりと戸を開けて入ってきた。

ふたりはいつもの甚平ではなく、結婚式に出席するのに相応しい羽織袴《はおりはかま》を着用している。

さすがに使役獣である子鬼たちの服装にまで苦言を呈する者はいないだろうが、せっかくだからと、高校の時に散々子鬼たちの服をお世話してくれた当時の手芸部部長に連絡を取って作ってもらったのだ。

わざわざお願いするのは申し訳なかったが、元手芸部部長は狂喜乱舞する勢いで承諾してくれ、ふたり分の着物を仕立ててくれた。

完成品を持ってきてくれた時、若干目の下にクマがあったように思うが、本人はとても満足そうにしていたので問題はないだろう。

おかげで、子鬼たちも大喜びである。

「あーい」

「あいあーい」

ぴょんぴょんと飛び跳ねる子鬼たちに手を伸ばせば、手のひらの上に乗ってくる。

「子鬼ちゃんたちも準備はできた？」

「あい！」

「あい！」

柚子に着物を見せるように手のひらの上でくるりと回ってみせた。

それを柚子は写真に収めて、元手芸部部長にスマホで送った。

すぐに既読がついたので、きっと今頃、家で喜びの悲鳴をあげていることだろう。

騒ぎすぎて近所迷惑にならないかが心配である。

「入ってかまわないか？」

部屋の外から玲夜の声が聞こえてきた。

「どうぞ」

返事をすると、玲夜が静かに入ってきた。

濃い藍色の羽織袴で現れた玲夜は、柚子の姿を見ると足を止めじっくりと観察するように目を細めた。柔らかな表情を浮かべ、満足そうにしている。

「綺麗だ」

そう言って距離を縮めて柚子の頬にそっと触れるようなキスをする。

ためらいもなく、柚子には過剰な賛辞を口にするのはいつものこと。

さすがに柚子も笑って流せるようになってきた。日々、経験値は上がっているのである。

「そろそろ行けるか？」

「うん。準備万端。忘れ物はないと思う」

「なら出発だ」

柚子は部屋の隅で寝っ転がっているまろとみるくの頭を撫でる。

「行ってくるから、喧嘩《けんか》しないで大人しくしててね」

「アオーン」

「ニャーン」

二匹は返事をするように鳴き声をあげた。

そして、鏡の前にいる龍を強制的に引き剥がし、子鬼を肩に乗せて、玲夜が差し出した手を取った。

そのまま屋敷を出て車で向かったのは鬼龍院の本家だ。

広大な敷地の中には、鬼龍院の分家などの家も建っており、桜子や高道の実家も中にある。

ふたりの結婚式は、そんな本家の敷地内の中心に建つ、神社のお堂のような建物で行われる。

昔ながらの古い和風建築は、鬼の一族が結婚式などの行事に使う大事な建物のようだ。

趣のある建物を見上げ、ここで結婚式が行われるのかと思うとなんだかドキドキとしてきた。別に柚子が結婚するわけではないのに。

だが、あやかしの結婚式というのは柚子には未知の世界だ。人間の結婚式となにか違いがあるのだろうかと興味津々である。

「結婚式ってことだから、どこかの高級ホテルとか結婚式場とかでするんだと思ってた」

「披露宴はそうなるだろう。鬼龍院の筆頭分家である鬼山家に、当主に仕えてきた荒鬼家の結婚だ。あやかし関係、仕事関係で数えても付き合いで呼ばなければならない人数は相当な人数になる。ホテルの一番大きな広間を借りて行う予定だ」

聞いているだけでもかなり大がかりな披露宴になりそうなことを感じる。

同時に、自分たちの結婚式はそれ以上の規模になるのだろうと察してしまう。

なにせ、玲夜は鬼龍院の次期当主。あやかしのトップに立つ男性だ。付き合いはそれはもう広いはず。恐らく柚子の想像以上に。

そう思うと足が震えそうである。だが、今はまず桜子と高道の結婚式が先だ。

「じゃあ、ここでするのは挙式だけ？」

「ああ。昔ながらの結婚の誓いをした後に、一族で宴を催す。披露宴は外向きのためのもので、今日は一族のための式だな。招かれている者も皆、鬼の一族だけだから肩肘張らずにいつも通りでいたらいい」

そう言われると少し安心した。玲夜の花嫁である柚子はどうしたって注目を集めてしまうが、鬼の一族には以前に行われた宴でお披露目は済んでいる。本日の主役よりも目立つことはないだろう。

「その披露宴にも出席するの？」

「俺はな。だが、柚子は留守番だ」

「えぇ!?」

それは初耳である。

「行きたかったのか？」

「当然！　だって披露宴ってことは桜子さんは挙式とは違う衣装を着るんでしょう？　前にドレスを着たいって言ってたから、きっとドレスのはず。ドレス姿の桜子さんを見たかったのに」

かなりショックだった。結婚式と聞いていたので、てっきり挙式と披露宴を一緒にすると思っていたのだが、まさか別々の日に分けるとは予想外だ。

こんなことならもっと詳しくスケジュールを確認しておけばよかったと、今さらになって後悔する。

「玲夜、私は披露宴に行っちゃ駄目なの？」

「ああ」

「どうして？」

多少の我儘《わがまま》を言ってもついていきたい柚子は必死である。

「披露宴には仕事関係の人間も来る。中には一龍斎と関わりのある者もな。そんなところに柚子を連れていくのはやめた方がいいと、父さんとも相談して決めた」

「一龍斎……」

「一龍斎の血族は呼んではいないが、警戒するに越したことはない。最初の花嫁のことを柚子も龍から聞いていただろう？　同じように一龍斎が狙ってくる可能性は潰しておきたい」

鬼の花嫁となった最初の花嫁。

彼女は龍の加護を持っていたが、それ故に鬼の花嫁になった後、連れ戻されて一族の者と結婚を強要された上、龍の加護を奪われた。

彼女が夫である鬼の元に帰ることができた時にはその命は儚《はかな》くなる寸前だったそう。

今は一龍斎から龍を解放して柚子を加護しているが、そんな最初の花嫁のような目に柚子が遭《あ》うことを玲夜は危惧している。

それを聞いてしまっては柚子も我儘を言う気にはなれず、引かざるを得なくなった。

柚子のためだと分かっていてもがっくりときてしまうのは仕方がない。

柚子は大きなため息をついた。

「はぁ……。せっかくカメラも買ったのに」

憎しや、一龍斎……。

落ち込む柚子を慰めるように玲夜が頭を優しくポンポンと叩く。

「代わりに父さんがプロのカメラマンを準備しているから、それを見せてもらうといい」

「前にも言ってたね。残念だけど、それで我慢する」

本当は玲夜にカメラを渡してたくさん撮ってきてもらいたかったが、そんな性格ではないことは柚子もよく理解しているので頼みはしなかった。

気落ちしつつ、式が行われる建物の中に入った。

白無垢姿《しろむくすがた》で現れた桜子は女神のごとき美しさで柚子の目を釘付《くぎづ》けにした。

「うわぁ、桜子さん綺麗……」

白無垢は桜子のためにあると言っても過言ではないほどによく似合っている。

そんな姿を残そうとするカメラマンたちのやる気が見えるようなフラッシュの数が目をチカチカさせる。

柚子も負けじとカメラのシャッターを切った。

鬼龍院の分家の中でも有力な二家の結婚式とあって、たくさんの鬼の一族が参列していた。

見目麗しい鬼の一族がそろう光景は圧巻だが、そんな彼らをくすませてしまうほど桜子は美しい。こんな花嫁をもらう高道を羨む者は少なくないだろう。

もともと桜子は一方的に高道に恋心を抱いていただけあって、その表情は嬉しそう。

高道はいつも通りの笑顔なので喜んでいるのかはよく分からなかったが、嫌がってはいないはずだ。

というか、あんな綺麗な花嫁を嫌がっていたなら、方々から非難の嵐が吹き荒れるに違いない。

今日行われるのは挙式だけ。

あやかしの結婚式を見たことのない柚子は、特別な儀式でもあるのかと思ったが、予想外にもあっさりしたものだった。

主役のふたりの前に当主たる千夜が立ち、ふたりに対してよくある結婚の意思があるかの問いかけをし、ふたりはそれに同意して、夫婦として力を合わせていくという誓いの言葉を発する。

人間の結婚式でいう人前式のような形だ。

ひとつ違ったのは、誓いの言葉の後、ふたりの前にそれぞれ盃《さかずき》が置かれ、ふたりは盃と共に用意された針で指を刺して血を一滴垂らした。

その盃に千夜が透明な液体を注ぎ、最後に花びらを一片落とした。

「玲夜、あれは？」

柚子は声を潜めて玲夜に問う。

「盃に血と酒を入れて、最後に桜の花びらを浮かべ、盃を交換して飲み干すんだ。花びらは本家の裏にある一年中咲いている桜の木のものだ」

以前、柚子が玲夜にプロポーズをされ指輪をもらった思い出の桜の木だ。

鬼龍院がこの地にいる時から咲き続けているという不思議な力を持った木。その花びらが落とされた盃が交換され、相手の血の入った酒を一気に飲み干していく。

「あれって私もしないと駄目なやつ？」

「あれ？」

「針で指をプスッとするの」

恐る恐るといった様子の柚子に、玲夜は小さく笑う。

「ああ。鬼の一族の伝統の儀式だからな」

「うひゃぁ……」

式の最中なので、とても小さな声で悲鳴をあげた。

できれば痛いのは避けたい。けれど伝統だと断言されたらやらざるを得ないではないか。

いざその時、ちゃんと針で刺せるか心配である。

急に言われてやれる自信はないが、最初から知っていれば覚悟も違ってくるというもの。先にこうして鬼の一族の結婚式を見ていてよかったと心から思った。

ふたりが盃を飲み干して台の上に置いたところで、盛大な拍手がされる。

思考がよそに向いていた柚子は、慌てて同じように手を叩いた。

そうして挙式が終わると、後は宴が始まるようだ。

高砂席に座る高道と桜子からほど近い場所に柚子たちの席があったので、ふたりの姿を見放題、撮り放題で、カメラのシャッターボタンを何度も押す。

隣にいる玲夜は少々あきれた様子だが、向かいに座る玲夜の母親の沙良は柚子以上にハイテンションでシャッターを切っているから問題ないだろう。

「桜子ちゃんたらかわいいわねぇ」

「まったくです。妬んだ誰かに高道さんが後ろから刺されないか心配になるほどです」

そうこうしていると食事が運ばれてきたのでいったんカメラをテーブルに置く。

そして、千夜の乾杯の合図でそれぞれ飲み食いを始めた。

すでに二十歳となっている柚子は、初の日本酒に手を出したが、アルコールに馴《な》れていないので予想以上の強さにひと口でやめてしまった。

口直しに急いでオレンジジュースを飲む。

それを見て玲夜や沙良はクスクスと笑った。

「柚子にはまだ早かったようだな」

「馴れていないだけだもの。そのうちたくさん飲めるようになるわ」

なんだかお子様とからかわれているような気がして、柚子もムキになって反論する。

が、それがなおさら子供っぽいことに柚子は気付いていないようだ。

結局、柚子の残したお酒は玲夜の口の中に消えていった。

しばらく食事を楽しんでいると、沙良が核心を突いてくる。

「玲夜君と柚子ちゃんはいつ結婚するの？」

柚子は思わずオレンジジュースを噴き出しそうになるほど動揺したが、玲夜はしれっと答えた。

「柚子が大学を卒業したらですよ」

「柚子ちゃんは今年大学三年生だから、来年の始めには準備していかないとね」

「えっ、もうそんな早くですか？」

柚子は驚いて聞き返した。

「そうよ～。結婚式っていうのは準備に時間がかかるんだから。女の子は特に衣装選びに時間がかかるのよ。もちろんオーダーメイドするわよね？」

「えっ？」

「はい」

「えっ？」

オーダーメイドと聞いて驚く柚子に対し、即答する玲夜に再度驚く柚子。沙良を見て、玲夜を見て、と忙しない。

「柚子ちゃんは和装と洋装、どっちがいいの～？」

「まだ先のことと思ってたので全然考えてないです。でも、桜子さんみたいに白無垢も綺麗だし、真っ白なウエディングドレスも捨てがたいです」

自分が着ることを想像すると少し結婚が現実味を帯びてきて、心が浮き足立ってくる。

けれど決してしてはいけないのは、今日の桜子の姿と比べることである。

「そうよね、そうよね。せっかくだから両方着ちゃえばいいのよ～」

「そんなことできるんですか？」

「今は前撮りって言って、結婚式の前に好きな衣装で写真を撮る人も多いらしいわよ。ここで行う式はどちらかというと和装が合うから、挙式は和装、前撮りはウエディングドレスで、なんていうのもいいわよね～」

うっとりとしながら話す沙良は、柚子のためというより自分がやりたそうな雰囲気だ。

「どっちもいいなぁ」

「なら、前撮り用と挙式用、披露宴用でそれぞれ衣装を作ればいい」

玲夜はそう簡単に言うが、オーダーメイドで三着も作るなんてどんな金額になるのか考えただけで恐ろしい。

しかも、その時使うためだけに、とは贅沢《ぜいたく》すぎる。

けれど、それを口にしたところで玲夜は一歩も引かないだろう。むしろ、『金額を気にするなど誰に言っている』と怒りだしそうだ。

「うーん、まだ先のことだし考えとく」

そう答えるのが柚子の精いっぱいだった。


宴もたけなわとなった頃、ツンツンと柚子の袖が引っ張られる。

誰かと思えば、龍であった。ずっと姿が見えなかった龍は、千夜に連れられ一族の面々に挨拶回りをしていたようだ。

以前は一龍斎を加護していた霊獣。けれど今は柚子を加護していることを一族がそろったこの場で知らしめるためだ。

それにより、柚子を花嫁として迎えることに不満を持っていた者たちへ牽制《けんせい》になる。

どうやらその挨拶も終わり帰ってきたようだ。

『ふぅ、疲れたぞ』

「お疲れ様」

労うように背を撫でてやると、龍は柚子の手首に尾を巻きつけた。

『宴はもう終わりか?』

「うん。そろそろ終わりそう」

『ならば願いがあるのだが、聞いてくれぬか？』

「お願い？」

宴が終わった後、柚子は龍を連れて本家の裏の森の奥にある桜の木に来ていた。もちろん、玲夜と子鬼たちも一緒である。

他の桜の木より大きい、枯れずの桜の木は、とてつもない存在感を発してそこにあった。

年中咲き誇る桜の木からは風に吹かれるたびに花びらがヒラヒラと舞う。

遥《はる》か昔からここにあるという桜の木。

この木のところに行きたいというのが龍の願いだった。

木のそばまで来ると、柚子の肩に乗っていた龍は離れ、本来の大きな姿へと変わった。そしてゆっくりと桜の木に寄り添うように身を近付けた。

なぜ龍がこの桜の木に来たがったのか分からない。

龍はとても悲しそうな眼差しで花びらの舞う桜をじっと見つめていて、今はとても声をかけられるような雰囲気ではなかった。

柚子が見上げると、視線の合った玲夜は首を横に振った。玲夜もなにも分からないようだ。

なにが龍をそんなにも悲しませるのか。

『サク……』

今にも泣きだしてしまいそうな声。けれど龍の目から涙があふれることはなく、代わりにこらえるようにぐっと目を閉じた。

柚子たちはただ見守ることしかできないまま、龍はしばらくの沈黙の後ゆっくりと目を開けた。

そして、ようやく他の者の存在を思い出したように柚子たちを振り返った。

『柚子、そなたもこっちに来てくれぬか？』

「うん……」

ひとり歩きだそうとした柚子の手を玲夜が掴《つか》み手を引く。

すぐ隣に立った柚子に、龍は優しく目を細めた。

『この桜の木の下に、我が加護を与えていた最初の花嫁がいる』

「どういうこと？」

『最初の花嫁は、名をサクと言った。とても優しい心を持った子だったのだ。サクを花嫁に選んだ鬼もサクを心から愛していた。……それなのにっ』

龍の目が剣呑《けんのん》に光る。

龍の怒りに呼び起こされるようにビリビリとしたものを肌に感じて、ぶわりと柚子の毛穴が開く。目に見えない圧のようなものを感じて、思わず玲夜の袖を掴んだ。

そんな柚子を玲夜は後ろから抱きしめて、龍をにらみつけた。

「抑えろ。柚子が怯えている」

すると、波が引くように息もつかせないほどの圧が消えていった。

『すまなかった。少し怒りで我を失った』

謝る龍に対して、柚子は大丈夫だと首を横に振った。

『……一龍斎に連れ戻された後、サクを待っていたのは地獄のような日々だ。愛する者から引き離され、我から強制的に加護を引き剥がされた。それはサクの体にとてつもない負担を強いるもので、サクの体はボロボロになってしまったのだ。鬼が助けに来た時には手遅れで、我にはなんとかサクを一龍斎から逃がすのが精いっぱいだった。我がもっとしっかりしておれば……』

龍は今もなお、悔いているのだと分かった。

そんな龍を柚子は静かに抱きしめることしかできなかった。

『サクは生前この桜の木がとても好きだったのだ。それ故、サクは今もなお、この桜と共に眠っている』

「眠ってるって？」

『サクの夫である鬼は、サクの遺体をこの木の下に埋葬したのだよ。だからサクのいることに我は来たかった。ようやく念願が叶《かな》ったよ』

　その言葉に玲夜が反応する。

「待て、そんな話聞いたことはない」

『さあな、なぜ知らないのかは我も分からない。サクの夫があえて知らせなかったのか、代を重ねる中で途絶えてしまったのかもしれぬ』

　玲夜はなにかを考えるように黙った。

「じゃあ、最初の花嫁のサクさんは今はもうゆっくり眠れているのね。よかった」

『よかったと言っていいのか、我には判断できぬ。ただ、もともとは普通の桜の木だったこれが不思議な力を持ち枯れることなく咲き続けるのは、まるでサクの無念が今もなお残っているように思えてならない』

　龍は桜の木にそっと触れ話しかける。

『サク、お前はまだ恨んでいるか？　あの男を。憎きあの男を……。我は憎い。未だあの時のことを思い出すだけで、あの男を八つ裂きにしたい気持ちが湧き出してくる。きっと猫たちも同じ思いだろうよ。あやつらはお前によく懐いていたからな』

　額を木にくっつけて、龍は静かに目を瞑《つむ》る。

　そして、目を開けるとゆっくりと木から離れた。

『ありがとう、柚子』

「もういいの？」

『ああ。また連れてきてくれるか？』

柚子は玲夜の顔をうかがってから、こくりと頷いた。

「うん。また来ようね」

質問したいことはたくさんあったけれど、今はとても聞けそうにない。あまりにも龍が悲しそうで、寂しそうで、そしてあふれんばかりの怒りを感じたから。

玲夜もきっと気になっているだろうが、龍になにかを問うことはなかった。

家路につくと、まろとみるくが出迎えてくれ、早速龍にちょっかいをかけ始めた。

『ぎゃあぁぁぁ！』

猫たちに追いかけられて叫びながら逃げていく姿を見て、いつも通りの龍に戻ったようで柚子は密かにほっとしたのだった。


それからは特に変わりのない日常を送り、柚子は大学三年生となった。

桜子も卒業したので心細さはあったが、それ以上に問題なこともあった。

大学のカフェで、いつものメンバー四人で昼食を取っていた最中、頭を抱えて唸《うな》る柚子を透子は頬杖《ほおづえ》をつきながら見ていた。

「う〜」

「どうかしたの？」

「透子はインターンとか行かないの？」

大学三年生ともなるとインターンを考える学生は一定数いる。

『かくりよ学園』は富裕層の子が多く、自社を持つ家の子も少なくない。

東吉や蛇塚《へびづか》は親の会社に就職が決められていて、本人たちもそのつもりでいるが、他にいる学生全員が親の決めた道へ進むわけではない。

中には一般家庭出身の人間もいれば、家を継がずに自分で就職活動をする者もいる。

そんな者たちにとってインターンは無視できるものではなかった。

「あー、悩んでるのはそのことか。おもしろそうだけど、にゃん吉がねぇ」

透子が隣に座る東吉をうかがうように視線を向けるが、返ってきたのはたったひと言。

「行かせるわけないだろう」

「だそうよ」

透子は初めから答えを分かっていたように苦笑する。

東吉が否定するのは花嫁を持つあやかしなら普通のこと。あやかしは花嫁がなにより大切なので、外で働かせようとはしたくないのだ。

「それにしてもインターンかぁ。私たちも大学三年生になったから、そろそろよね。

まあ、早い子は二年生ぐらいからしてるけど」

「玲夜は許してくれると思う？」

「逆に聞くけど、若様が許すと思う？」

「……思わない」

あきれを含んだ透子の問い返しに、柚子はがっくりと肩を落とした。

想像しただけでも、ひと言で切り捨てる玲夜が頭に浮かんできた。

実際に、以前大学を卒業後も働きたいと言いだしてから禁止されたバイトも未だに禁止のまま。

それとなくバイトの再開を願ったが、のらりくらりとかわされている。

きっと柚子がまだ働く気でいることに気付いているからだろう。

「お前まだ働くのあきらめてなかったのか」

東吉はあきれたように柚子を見たが、隣の蛇塚にまで同じような目で見られてショックを受ける。

蛇のあやかしである蛇塚は目つきが悪く口数が少ないので誤解されることも多いが、その分、目は口ほどに物を言っていた。

「だってぇ」

「あきらめろ、あきらめろ。花嫁を働かせるあやかしなんているわけない」

「にゃん吉君が意地悪する」

そう言って子鬼たちに泣きつけば、子鬼たちは柚子の代わりに抗議の声をあげる。

「あーい！」

「あいあい！」

ぺしぺしと東吉を叩く姿は、怒っているのになんともかわいらしい。

「おいっ、こら」

じゃれる東吉と子鬼たちを放置し、柚子はスマホに載るインターン募集の情報を見る。

そこには玲夜の会社の情報が載っていた。

どうやら玲夜の会社でもインターンを受け入れているようで、申し込みたい気持ちが柚子の中に渦巻く。

「玲夜に黙って玲夜の会社のインターンに行ったら怒られるかな？」

「その前に応募の時点で見つかって却下されるんじゃない？」

これだけ反対されてもまだあきらめないのかと言わんばかりの眼差しを向けてくる透子。

「くぅ、やっぱり前途多難だ……」

再び柚子は頭を抱えた。

「ところでさ、柚子に聞いとかないといけないことがあったんだったわ」

「なに？」

「今度、中学の同窓会をやろうって話がきたのよ。ほら、柚子は若様の家に引っ越したし、それと同時に電話も変えたから連絡できなかったみたいで、私のところに連絡が来たのよ。伝えといてくれって、当時の委員長に」

透子はどことなくウキウキとしているように感じる。

柚子も同窓会と聞いてインターンのことは頭の隅に追いやり、懐かしさにしみじみとした。

「中学の同窓会かぁ。懐かしいな」

玲夜と出会ってからは昔のことなど思い出す暇もないほど充実しており、また、新しい生活に慣れることに必死で、昔の友人と連絡を取ることもなかった。

「どうする？　出席する？」

「透子はどうするの？」

「うーん、柚子に聞いてみてからにしようと思って」

すると、透子が柚子に近付き耳元で囁いた。

「ほら、私たちには地雷があるわけだし」

「地雷？」

なんのことかさっぱり分からなかったがすぐに納得する。

「元彼よ。委員長に聞いたら両方来るらしいのよ。お互い婚約者にバレたら行かせてもらえるわけないでしょう？」

玲夜に昔の男のことを知られる……。考えただけで危険である。

「それはマズイ。まさかにゃん吉君に言ってないよね？」

柚子も、そばにいる東吉に聞かれないようにひそひそと声を小さくした。

「言うわけないでしょ。我が身はかわいいもの。柚子も気を付けるのよ」

「りょ、了解」

そこでようやく透子は離れた。

「で、それを考慮して行くか行かないか聞こうと思ったのよ」

「うーん。どうしよう。私としては行ってみたいな。中学の友達とも久しぶりに会いたいし」

玲夜から許可が出るかは別として、柚子としては懐かしい友人たちと顔を合わせたかった。積もる話もたくさんある。

「そう？　柚子が行くなら私も行こうかな。じゃあ、委員長に参加の連絡しとくけどいい？」

「うん。お願いします」

「柚子は若様にちゃんと了承を取っとくようにね」

「うん。まあ、同窓会に行くぐらいなら玲夜も反対はしないと思う」

そう思いたい柚子の願望であった。なにせ柚子のことになると過保護を発動する玲夜であるから、絶対とは言い切れないところがある。

「それと、くれぐれもあのことは……」

透子は口の前で人差し指で×を作った。あのこととは、もちろん元彼のことである。

分かり合っているふたりは、目を見合わせてこくりと頷いた。

お互いに元彼との再会を玲夜と東吉に知られるのがマズイのは同じ。バレたら最後、確実に反対されるだろう。


家に帰ってきた柚子は荷物を置いて楽な服装に着替えると、普段は使われていない客間へと向かった。

「入っていい？」

「どうぞ」

中に入ると、まろとみるくをそれぞれ膝の上に乗せた、柚子の祖父と祖母が座っていた。

「おかえり」と微笑む祖母に「ただいま」と告げて、柚子も祖父母の前に座る。

なぜ祖父母がこの屋敷の客間にいるのかというと、以前に柚子が当てた宝くじがきっかけだった。

それとなく、もしも宝くじが当たったらどうする？という話をすると、祖父母はなんだかんだと盛り上がった結果、『古くなった家をリフォームしたいな』と意見をそろえた。

どうやら最近、祖母が家の中のちょっとした段差でつまずき転んでしまったそうなのだ。年も取ってきたことで、こけやすくなってきたとも言う。

それで、『今後のことも考えてバリアフリーにできたらいいな』と語ったのだ。

その上で、『年金生活ではそれができないな』と笑いながら話すふたりを見て、柚子も宝くじの使い方を決めた。

最初、宝くじを換金したお金の入った通帳を見せたら腰を抜かしそうになっていたが、柚子が祖父母のためにお金を使いたいと申し出ると遠慮した。

しかし、柚子が持ってきた大量のリフォームのパンフレットと共に、こんなのはどうだと完成予想図を数パターン見せたところ、だんだん乗り気になっていき、見事家のリフォームを了承してくれたのだった。

柚子としても、安全で介護のしやすい家になるのは願ったりなので、当選金を使うことは惜しくない。

しかし、問題はリフォームの間の住まいをどうするかだった。

最初は親戚の家に行くと言っていたのだが、それならば部屋のたくさんある玲夜の屋敷でも問題ないだろうと、玲夜の許可を取った上で祖父母を招いたのだ。

ちなみにリフォームを頼んだ会社も鬼龍院グループの傘下で、鬼龍院の影響力の広さを知ることになるのだった。

「おじいちゃんもおばあちゃんもここでの生活は大丈夫？　不自由ない？」

使用人たちの親切さは柚子がよく分かっていたので、滅多なことはないだろうが念のためだ。

「ええ、よくしてもらってるわよ。ねえ、おじいさん」

微笑みながら問いかける祖母に、祖父も穏やかな顔で頷く。

「ああ。わしらにはもったいない。どこぞの高級旅館に来たような気分だ」

「だよねぇ。私も最初そう思った。料理も美味しいし」

うんうんと同意する柚子も、最初に来た時は祖父と同じく高級旅館のように感じていた。

「本当ね。でも一番は、柚子がこの家でちゃんと大切にしてもらっているって身をもって知ることができたのが嬉しいわ」

「おばあちゃん……」

玲夜の屋敷で暮らすようになり、以前とは比べものにならないほど祖父母の家に遊びに行く機会は減ってしまった。

そんな柚子をこれまでと変わらず心配してくれている祖父母には頭が上がらない。

「大丈夫だよ。玲夜も、この屋敷の人たちも、皆とっても優しい人たちだから」

「ええ、よく分かったわ」

慈愛に満ちた眼差しで微笑む祖父母の顔を見て、柚子はなんだか泣きそうになった。

そんな気分をぶち壊す、強烈な雄叫び。

『ぎぃやあぁぁん！』

廊下を覗き見れば龍がまたもや猫たちに襲われている。

柚子はやれやれとあきれた顔で龍を拾い上げた。

「駄目よ、まろ、みるく」

「アオーン」

「にゃん！」

それぞれの頭をぽんぽんと優しく撫でてやると、不服そうな鳴き声が返ってきた。

そんな猫たちの前に子鬼たちが仁王立ちする。

「あーい！」

「あいあい」

なにを言ってるか柚子にはさっぱり分からないが、子鬼が叱っているようだというのはなんとなく把握できた。

まろとみるくはきちんと座って子鬼の話を聞いている。

「猫ちゃんたちは子鬼ちゃんたちの言葉が理解できるのかしら？」

祖母が不思議そうに首をかしげている。

「うーん。どうだろ。なんだかんだで子鬼ちゃんたちの言うことは聞いてるみたいだから理解してるのかも？　私の話してることも分かってるみたいだし」

猫たちは霊獣だ。龍とは会話が成立しているのだから、同じ霊獣である二匹も同じだけの知性があってもおかしくはない。

そのわりには何度となく龍を襲っているわけだが、そこはやはり猫の本能が優先されるのかもしれない。

なにせ、龍はなんとも猫心をくすぐる動きをするのである。東吉の家に龍を解き放てば大変なことになるだろう。

あの家は『猫屋敷』と言っても過言ではないほどに猫がたくさんいる。うねうねと動く龍は格好の餌食なのだ。

本人に自覚がないのが難点である。

子鬼は猫たちだけでなく、龍のことも叱っておくべきかもしれない。やめろと言ってやめられるかは別として。

子鬼に猫、龍……かわいらしい子たちと共にワイワイ話をしていればあっという間に時間は経つ。雪乃が呼びに来た時には夕食の時間になっていた。

「あらあら、もうこんな時間。いつもなら夕食の準備をしているのに、本当にお手伝いをしなくていいのかしら？」

祖母は、ここに来てからいっさいの家事をしていないことを心苦しく感じているようだ。

それは柚子も最初の頃は感じていた。しかし、無理に手伝おうとすれば逆に気を使わせると理解してからは、割り切ることにしている。

けれど、ここに来て日の浅い祖母が割り切れるはずもない。

そんな祖母にも雪乃はにっこりと微笑んで諭す。

「柚子様のおばあ様は普段家事をなさっておいでなのですから、ここにいらっしゃる間ぐらいは甘えてごゆっくりなさってください。人間、たまにはお休みは必要ですよ」

「ご迷惑ではないかしら？」

「使用人一同、むしろやりがいがあって喜んでおります。この屋敷にお客様がいらっしゃることは少ないので」

確かに、この屋敷に客が来ることは少ない。

たまに千夜と沙良が顔を出したり透子が遊びに来たりするが、猫又というあやかしの中でも弱い存在である東吉は、鬼の集まるこの屋敷にはあまり来たがらないので、自然と柚子が東吉の家に行く方が多いのだ。

そして、それ以外の人がこの屋敷に来たのを柚子は見たことがなかった。

だから使用人たちはここぞとばかりにやる気をみなぎらせているのかもしれない。

「どうぞ、お好きなだけお過ごしください」

そこまで歓迎されれば祖父母も否やを言えるはずもなく、恐縮しつつも受け入れたのだった。

夕食の席に向かえば、すでに玲夜が座っていた。

「玲夜帰ってきてたの？」

「ああ、さっきな」

「ごめんね、気付かなくて」

祖父母に気が向いてしまい、柚子も玲夜の帰宅を忘れてはしゃいでしまったことを申し訳なく思う。

「いや、せっかくの水入らずだ。今の間だけでも楽しんだらいい」

独占欲の塊のような玲夜のこと。てっきり焼きもちの言葉のひとつでもあるかと思ったが、祖父母の前とあっていつもと違い大人な対応だ。

「うん。ありがとう、玲夜」

柚子は定位置に座り、祖父母も用意された場所に座る。

見計らったようにお膳が運ばれて、夕食が始まった。

いつもなら玲夜の尋問ならぬ、一日どう過ごしたかの報告みたいな会話が始まるが、祖父母のいる今は玲夜も静かにしており、自然と柚子と祖母がしゃべっている。

祖父は口下手な方なので、もっぱら聞き役だ。

大学ではどうなのか、かくりよ学園とはどんなところかなど、最近会えなかった分も含めて祖母との間では会話が尽きない。

そんな話をしていると、昼間の透子との会話を思い出した。

「あっ……。玲夜にお願いがあったんだった」

「なんだ?」

「あのね、今度中学の同級生と同窓会をしようってことになってるの。行ってもいい?」

「同窓会か……」

なんとなく反応の悪い玲夜に、柚子は反対されるのではと不安になる。

「駄目?」

じっと見つめながらされるお願いに玲夜が弱いのはここ最近でようやく分かってきたところである。

どうしても行きたい柚子は、あざといと自覚しつつも玲夜から目を離さない。

玲夜の顔が難しいものから悩むものへと変化したのを実感し、もうひと押しだと思った時に、味方であるはずの祖母から爆弾が投下された。

「あら、中学のお友達と同窓会なんて素敵ね。それにほら、なんて言ったかしら、柚子の昔の彼氏。ファーストキスの相手だって知った時、おじいさんが不機嫌になっちゃってね。もしかして同窓会で再会して、やっぱりお前が好きだ！なんてドラマみたいなことがあったりして。まあ、柚子にはもう鬼龍院さんがいるから関係ないでしょうけど」

「おおおおばあちゃん！」

柚子は激しく動揺した。

祖母に悪意がないのは分かる。まるで恋愛ドラマを観ている乙女のようにキャッキャしているので、つい妄想が漏れただけなのだろう。

けれど、玲夜の前でだけは心の中にしまっていてほしかった。

「柚子」

静かな、怖いほどに静かな玲夜の声に顔を向けると、彼は口角を上げていた。

笑っている……。

大丈夫だったか。そう思ったが……。

「同窓会は不参加にしろ」

無情な判断が下された。しかも、なぜか祖父までもが玲夜に同意するように頷いているではないか。

「ちょ、ちょっと待って玲夜。別に元彼が目当てで行くわけじゃないんだし」

「つまり、そいつも来るんだな？」

しまった！と、口を押さえたが後の祭り。

「えっと、いや、その……」

なんと言えば正解なのだろうかとしどろもどろになってしまう柚子。

「どうなんだ？」

「来るみたいだけど、でも私は友達に会いたいだけだから」

「昔の男が来ると分かって、俺が許すと思うのか？」

こと柚子に関すると途端に心が狭くなる玲夜の機嫌は最悪と言っていい。しかし、同窓会に行くためにはなんとかこの場を切り抜けなければならない。

「うっ、思わないけど……。でも行きたいの」

柚子は最後の手段に出た。

あざとかわいい女なら絶対にやるだろう、上目遣いからのおねだり。

玲夜へここぞという時に使えと透子からの助言があった柚子の最終手段。

「玲夜、お願い」

「駄目だ」

かわいらしく猫撫で声を出して頼んでみたが、玲夜はばっさり却下した。

がーんと柚子はショックを受ける。

どうやら自分では魅力が足らなかったらしいと心の中で透子に助けを求めた。

「あらあら、仲がいいわね」

ことの原因である祖母は楽しそうに見ているだけでフォローしてくれる気配はなく、柚子はもう半泣きだ。

「玲夜ぁ〜」

「だ、め、だ」

「そこをなんとかぁ」

ここで引き下がったら今後も同窓会に行かせてもらえなくなると柚子は必死だ。

「玲夜だって元カノのひとりやふたりいるでしょう?」

「いない」

玲夜の即答に、柚子は目を丸くした。

「嘘だ。絶対いるでしょう？」

「恋人はいたことがない」

「恋人〝は〟？　つまり恋人じゃない女はいたってこと？」

玲夜が珍しく、しまった！という顔をしたが一瞬で無表情に戻った。

しかし、見逃す柚子ではない。

「……沙良様に確認していい？」

じとっとした眼差しで問い詰めていく。

きっと沙良ならばその辺りの事情にも詳しいだろう。そして、聞いた以上のことをノリノリで教えてくれそうだ。

それを誰より分かっている息子の玲夜は即座に反対する。

「駄目だ」

「じゃあ、昔のことを沙良様に聞くか、同窓会に行くのを許すか、どっちか選んで」

据わった目で脅せば、玲夜は苦虫を噛《か》みつぶしたような顔をする。

「……柚子、最近俺に遠慮がなくなったんじゃないか？」

以前の柚子ならば玲夜に言われるままあきらめただろう。玲夜に強く出ることができずに遠慮していた。

けれど、最近の柚子はひと味違うのだ。

「言いたいことはちゃんと口にするって言ったでしょう」

それは玲夜が柚子にプロポーズした時に柚子が告げた言葉である。

にっこりと微笑む柚子に、玲夜は深いため息をついた。

こうして、柚子は同窓会の参加を無理やりもぎ取ったのであった。

だが、少々玲夜の過去の女遍歴を知りたい気もしてきて、結果悶々《もんもん》とすることになるのだった。

3章

同窓会の当日、柚子は透子と同窓会が行われる店の近くの公園で待ち合わせた。

柚子の姿を見た透子はあきれ顔。

「なんていうか、若様の独占欲が前面に押し出されたファッションね」

「ははは……」

柚子も乾いた笑いしか出てこない。

今の柚子は、首元のつまった長袖のブラウスに、足首まであるロングスカート。アクセサリーの類いはなしといった、同窓会に行くにはなんとも味気ない服装だった。

だが、当初は違ったのである。

同級生との久しぶりの再会ということで、お気に入りのかわいい膝丈ワンピースに、それと合わせたネックレスとイヤリングをして綺麗におめかししていた。

それなのに、着飾った柚子を見た玲夜は、柚子のクローゼットからシンプルすぎるブラウスとスカートを選んできて、これを着なければ行かせないと言いだしたのだ。

あからさまに肌の露出を抑えた地味な服装に、柚子は当然不満をぶつけたが、なぜか祖父までもが玲夜の味方についたため、泣く泣く地味な服装で行くことになってしまった。

もちろん、身に着けていたアクセサリーも没収である。

ウキウキとした気分が朝から台無しであったが、同窓会に行くためには仕方がないとあきらめるしかなかった。

「はぁ……」

知らず知らずのうちに深いため息が出る。

「まあ、若様にバレたらそうなるわよね」

『それに思いの外いつもより護衛が多いぞ』

柚子の護衛兼お目付役としてついてきた龍が周囲をうかがってそう口にする。

『普段の三倍は鬼の気配がしおるぞ』

それを聞いた柚子と透子は口元を引きつらせる。

「若様よっぽど心配なのねぇ」

「そういう透子は、にゃん吉君大丈夫だったの？」

透子は柚子と違い、綺麗な花柄のスカートで大学生らしく大人っぽくきまっている。髪も巻いたりしていて、シンプルすぎる柚子とは正反対。

よくこれだけ着飾った透子が出かけるのを東吉が許したものだ。

「柚子みたいにバレてないからね～。それににゃん吉はあんまり文句言わないから、普通に行ってこいってさ」

「羨ましい」

東吉も花嫁を持つあやかしらしく透子への独占欲はあるのだろうが、ふたりの場合は透子が尻に敷いているので、あまり東吉も強く出られない。

どうしても譲れないところは東吉も引かなかったりするようだが、全体的には透子の立場の方が上にある印象だ。

対して、柚子と玲夜の場合はどうしても柚子が従うということが多い気がしている。

「私も透子みたいに玲夜を尻に敷けるように頑張る」

「無理じゃない？」

『我も無理だと思う』

「あーい」

「あい」

透子と龍ばかりか、肩に乗る子鬼たちにまで否定されて、柚子はがっくりする。

「落ち込んでないで行くわよ。遅刻しちゃう」

「うん、そうだね」

透子に急かされながら柚子たちは同窓会の会場へと向かった。

同窓会が行われるのは、中学校の近くのカフェだ。クラスメイトの実家ということもあって、貸し切りにしてもらっている。

カフェに入れば、すでに賑わいを見せていた。

中学卒業以来会っていなくて誰か分からない者もいれば、よく知っている友人もいる。

柚子は入口で会費を払うと、すでに話し込んでいる見知った友人たちの元に近付いた。

向こうも柚子と透子に気付くと手を振った。

「きゃあ、柚子に透子じゃない。久しぶり～！」

「久しぶり」

「ていうか、どうしたの柚子！　その肩に乗ってるかわいいのはなに!?」

すぐに友人のひとりが肩に乗っている子鬼に気が付いてテンションを上げる。

「あー、この子たちは子鬼ちゃん。あやかしが作った使役獣……って言っても分からないか」

「あやかしが作った？　あやかしって透子の恋人？」

透子が東吉の花嫁になったのは中学の時なので、彼女たちは透子のことと勘違いしているようだ。

そういえば、高校に入った当初は中学の友人たちとも交流があったが、柚子が玲夜の花嫁になる頃には年始の挨拶にメールを送るぐらいのやりとりしかなくなっていた。

同じ高校ではなかったので、仕方ないことではある。

なので、柚子があやかしの、それも鬼の花嫁になったことは誰も知らないのだ。

「あはは……。えーと」

なんと言ったものかと口ごもると、代わって透子が説明を始めた。

「その子たちを作ったのは、私じゃなくて柚子の旦那よ」

そう言った瞬間、友人たちは信じられないというように驚いた顔をした。

「えっ、柚子結婚したの⁉」

「うそ、もう⁉」

透子の言葉をそのまま受け取った友人たちに柚子は慌てて否定する。

「違う違う。そういう意味じゃなくて、たとえよ。透子、まぎらわしいこと言わないでよ」

「なに言ってるのよ、大学卒業したら旦那になることに間違いはないじゃない」

すると、友人のひとりが柚子の左手の指輪に気が付いて、柚子の手を取りまじまじと見つめる。

「柚子、あんた指輪してるじゃないの！」

「きゃあ、本当だ！」

「高そうな指輪。相手は金持ちね？　紹介しなさい。婚約者の友人でいいわ！」

「合コンよー！」

まるで肉食獣のような鋭い眼差しで見られて、柚子は頬を引きつらせる。

「いや、皆落ち着いて。透子ぉ～」

たまらず柚子は透子に助けを求める。

透子はやれやれというようにスマホを操作したかと思うと、画面を友人たちに見せた。

その画面には玲夜の笑顔の写真。

ただの写真ならいざ知らず、貴重な笑顔の写真などいつ撮ったのやら。

「きゃあ！　誰、その美形は!?」

「すっごい格好いい！　誰それ!?」

「これが柚子の旦那よ」

なぜか透子がドヤ顔で自慢すると、友人たちから嫉妬を含んだ眼差しで詰め寄られる。

「はぁ!?　この美形が旦那だとぉ？　柚子、この裏切り者！」

「自分だけこんなイケメン捕まえて！　少しよこせ」

「そんな無茶な」

お菓子じゃないのだから少しあげるなんて無理だろうにと、柚子も友人たちの勢いにたじたじだ。

やいやい騒いでいると、なんだなんだと人が集まり、玲夜の写真が共有されていく。

「うわっ、めっちゃイケメン」

「誰の彼氏？」

「柚子だって」

「なんて羨ましい！」

羨望の眼差しを向けられる柚子はなんとも居たたまれない。

「その人、鬼のあやかしなのよ」

などと透子が付け加える。

「あー、だから小さな鬼を連れてるんだ」

「でも、ちっちゃな龍も腕に巻きついてるよね」

どうやら他の子たちも子鬼や龍のことは気になっていたようで、合点がいったという様子。

「どっちも柚子のボディガードよ。柚子の旦那が、変な虫がつかないか心配してね」

「へぇ、愛されてる～」

からかうようにクラスメイトたちがはやし立てる。

「じゃあ、俺の出番はなしかな？」

人垣を割って現れた青年は、優生《ゆうせい》と言う。

穏やかな顔立ちに、パーマのかかった茶色の髪をした優生は、柚子の祖母方のはとこにあたる人物だ。

はとこといっても、それほど交流はなく、中学の卒業以降は会うこともなかった。柚子の方が避けていたというのもある。親戚の集まりにはなにかと理由をつけて欠席していたのだ。

なぜか柚子は昔からこの優生が苦手だった。

理由は自分でも分からない。別に嫌がらせをされたわけでもない。むしろ優しく接してくれていた。

優生自身は明るく爽やかな好青年と評判で、クラスの中でも中心的人物だった。よくも悪くも普通な柚子とは少しキャラが違っていたので、それで苦手にしているのかもしれないと思ってできるだけ関わりたくないと思っていたが、柚子の心情に反して、なぜか優生はよく柚子にかまってきていた。

優生の方は、はとこだから親近感を覚えてのことだったのかもしれない。しかし、柚子はそれが嫌で嫌で仕方がなかった。

もちろん顔には出さなかった。なぜなら誰に相談したところで理解されなかったからだ。

それだけ優生は誰にでも人当たりがよく、人気が高かった。

透子にでさえ、そのことを話しても理解してもらえなかった。

それでも透子は柚子の気持ちを優先し、ふたりきりにならないようになにかと手助けしてくれていたのだが、優生が柚子をかまうことは卒業まで変わらなかった。

柚子が彼氏を作ったのは、優生のかまい方が以前より増して多くなった頃。彼氏を理由に優生と一緒にいることを避けられるのではと考えたからでもある。

とはいえ、もちろん元彼のことは柚子なりに好意があったから付き合っていたのだが、正直言うと今は顔もおぼろげだったりする。

少し申し訳ないと思うも、柚子には優生の印象の方が強かったのだ。悪い意味で。

それに、元彼にはある日突然別れを告げられてしまった。

今でも理由は分からない。本当にいきなりで、理由を聞いてもまるでなにかに怯えるように頑なに理由を話さなかった。

元彼の意思は固く、柚子がどんなに言葉を重ねてもはねのけられ、仕方なく別れを受け入れたのだが、それからしばらくはかなり落ち込んだものだ。

しかも傷の上塗りをするように優生がなにかと話しかけてきたので、余計につらかったのを覚えている。

今回の同窓会も、委員長に確認したところ優生は出席しないと聞いていたから気分よくやってきたというのに。優生が来ると分かっていたら迷うことなく欠席していた。

「透子、どういうこと?」

委員長に優生の出欠を確認したのは透子である。それ故どうしても責めるような口調になってしまった。

「私はちゃんと聞いたわよ。来ないって言ってたもの」

透子も思いもよらなかったのか、慌てて否定する。

透子は確認すべく委員長の元へと向かってしまったが、そのせいで柚子はひとりになってしまった。

「と、透子!」

置いてけぼりにされた柚子の行く手を阻むように優生が前に立つ。

「久しぶりだね、柚子」

「うん、久しぶり……」

柚子は顔が引きつらないようにするのに精いっぱいだ。

心の中で早く帰ってきてと透子を呼ぶが姿は見えない。

「さっき言ってたことって本当?」

戸惑う柚子には気付かずに、優生は中学の頃から変わらぬ様子で問いかけてくる。

「さっき?」

「彼氏がいるってこと」

「うん、そうだけど……」

会話を早く終わらせたい柚子の心をよそに、優生は食い気味に質問を続ける。

「鬼なんだって？」

「うん……」

「ふーん。鬼、ねぇ」

優生は笑顔なのだが、なぜかその笑顔が怖いと感じてしまう。

早くここから離れたいと思うのに、足が張りついたように動かない。

そんな柚子の左手を優生が持ち上げる。

急にさわられた柚子はびくりと体を震わせてしまう。とっさに振り払おうと体が動いたが、強い力で掴まれた手はびくともしない。

「な、なに？」

「この指輪もその鬼からもらったの？」

「うん。……離して？」

さりげなく手を抜こうとするが、優生はじっと柚子の左手の指にはまる紅い石がついた指輪を見つめている。

「ちっ、忌々しい鬼が……」

突然の舌打ちと、優生からは考えられない鋭い眼差しと身をすくませるような怖い顔。

柚子は思わず体を強張らせてしまう。

すぐに優生はいつもの笑顔に戻ったが、柚子の心臓はバクバクと激しく鼓動する。

早く離してほしいと恐怖が襲う。

なぜこんなに怯えているのか柚子自身が分からない。

その時、柚子の腕に巻きついていた龍が動いた。尾で思い切り優生の手を叩き落としたのである。

音だけでもかなりの威力があっただろうと思われる一撃を受けて、優生の手はぱっと離された。

『さわるな、小僧』

喉を震わせるような低い声。

まるでその眼差しだけで相手を傷つけそうなほどに鋭い眼光。

優生は赤くなった手にはかまわず、驚いたように龍を見ていた。

そして、その表情がにこやかになる。

「あ～あ、どうやら嫌われちゃったみたいだ。ここは退散するかな。またね、柚子」

笑みを残して優生は背を向けて離れていった。

正直、〝また〟など二度とあってほしくない。

優生がいなくなった途端に息ができるようになった気がして、深く息を吐き出した。

「はぁ……」

『大丈夫か、柚子？』

龍は心配そうに柚子の顔色をうかがう。

「大丈夫だよ。ちょっと手を掴まれただけなんだし」

そう、優生はなにもしていない。ただ手を掴んだだけ。

子鬼たちも危険はないと判断して反応はしなかった。

それなのに、どうして立っているのがやっとなほど体が震えそうになるのか。

「彼は私のはとこなの」

『はとこ？』

「うん。おばあちゃんの弟の孫にあたるの」

『つまり、一龍斎の血を引いているということか』

祖母の家系は一龍斎の血をわずかながらに引いていることが、鬼龍院の調査で分かっている。

「まあ、一応？　でも傍流の薄い血なんでしょう？」

『確かにそうなのだが……』

龍は柚子の腕から離れて正面に浮かぶ。

『柚子はあれが怖いのではないか？』

心の中を言い当てられ、柚子は苦笑するしかない。

『柚子、我がおる。ちゃんと護るから心配するな』

そう言って、柚子の頬にスリスリと頭をこすりつける。

「護るもなにも、はとこだってば」

笑ってごまかした柚子だが、その言葉が揺れる心を穏やかにしてくれた。

委員長から話を聞きに行っていた透子がぐちぐちと文句を言いながら帰ってきた。

どういう話し合いが行われたのやら、かなり不満そうだ。

「まったく、冗談じゃないわよ」

「どうしたの？」

「委員長ってば、私が聞いた時には優生は来ないって言ってたのよ。柚子はあいつが苦手でしょう？　だから念のために出席するようなことがあったら教えてって伝えてたのに、『うっかり忘れちゃった』だって。うっかりにもほどがあるわよ」

柚子も委員長のうっかりには怒りたいところだが、透子は柚子のことを思って怒ってくれている。その気持ちだけでも十分だった。

「まあ、もう来ちゃったものは仕方ないよ。それより透子ってば私を置いていっちゃうんだもん。そっちの方が問題」

「ごめんごめん。ちょうど委員長を見かけたからつい体が動いちゃって。それに、別になにかされたわけじゃないでしょ？」

「まあ、そうだけど……」

透子の言うようになにかをされたわけではない。

昔からそうだ。優生になにかされたことなんてなかった。それなのにどうしてだろうか……。

「未だに柚子が優生を苦手にしてるのが分かんないわ。いい奴じゃない。誰にでも分け隔てなく気さくでさ」

「そうなんだけど……」

柚子も、この気持ちを伝えるのは難しかった。

自分でもなぜか分からないのだが、苦手なものは苦手なのだ。

中学卒業以後会っていなくて苦手意識もましになったかと思えば、なんだか以前より悪化している気がする。

穏やかで優しげなはずのあの目で見られると、どうしようもなく恐怖心が足下から這《は》い上がってくる。

「はぁ。せっかく楽しみにしてたのに台なしだ」

一気にテンションが下がってしまった柚子。

「まあ、美味しい物でも食べて元気出しなさい」

「そうする」

ビュッフェ形式のテーブルから取り皿によそって食べようとしていると、後ろから柚子に声がかけられた。

「柚子」

振り返るとそこにいたのは、中学時代に付き合っていた元彼の山瀬《やませ》である。

顔もおぼろげだったが、思い出してきた。

「あっ、山瀬君」

「久しぶり」

「う、うん。久しぶり」

突然の別れ話の後はお互いに話しかけたりすることもなかったので、なんとなく気まずい空気が流れる。

「あのさ、さっき優生と話してたよね？」

「うん」

「仲いいの？」

「えっと、普通……かな？　一応はとこだし仲悪くはないよ」

そう、決して悔恨があるわけではない。柚子が一方的に苦手としているだけで、外野から見たら普通の親戚関係だろう。

「そうなんだ」

「…………」

「…………」

再び流れる気まずい空気に耐えきれず、透子が「飲み物を取ってくるね」とその場から逃げた。

心の中で恨めしく思っていると、山瀬が辺りを気にしながらそっと小さな声で柚子に囁いた。

「ちょっとだけ時間くれる？　話したいことがあるんだ」

「なに？」

「ここではちょっと……。少しだけ外に出ない？」

訳も分からぬまま山瀬についてカフェの外に出る。

「どうしたの？」

「本当はさ、言うべきかどうか迷ったんだけど……。柚子には婚約者がいるって聞いたから、知っておいた方がいいのかなって思って」

「なにを？」

「僕たちが別れた理由」

少し言いづらそうに口にした山瀬のその内容に柚子は目を丸くした。

「理由もなにも、山瀬君が別れたいって言ってきたんじゃない。理由も教えてくれなかった。私が嫌になったんだったらそう言ってくれればよかったのに」

「……違うんだ」

「違う？」

なにが違うのかさっぱり分からない。そもそも、今さら何年も前のことを蒸し返されても、どうでもいいというのが柚子の素直な気持ちだ。

だが山瀬は厳しい顔をしていて、もういいからと去ることもできなかった。

「優生なんだよ、別れる原因」

硬い表情で山瀬が口にしたのは、なぜか優生の名前。

「えっ？　どうして優生が出てくるの？」

「脅されてた。柚子と別れるようにって。最初は拒否してたんだけど、だんだんやることが激しくなってきて、暴力とか……」

「嘘……」

優生と暴力という言葉がすぐには結びつかなかった。

「本当だよ。ほら、あいつ人気者だからさ、友達に相談しても誰も信じてくれなくて。それなのにあいつの行動はどんどんひどくなってくるし。僕、このままじゃ殺されるんじゃないかって。それで別れを切り出したんだ」

柚子は信じられなかった。あの優生がそんなことをする理由も分からない。別れさせるために暴力的なことをするなんて。けれど、山瀬の表情は嘘を言っているように見えない。

「冗談じゃないの？」

「うん。ずっと話すかどうか迷ったんだけど……。柚子さ、あいつと関わりがあるなら早く縁切った方がいいよ。あいつかなりヤバイ。普通、別れさせるためにそこまでする？　今柚子には、婚約者がいるんだろう？　あいつがなにもしないとは思えないんだ」

「でも、優生とは中学卒業してから一度も会ってないのよ。さすがにもうなにかしてくることはないんじゃないかな？」

山瀬の話が事実だとして、昔のことではないのか。そう思う柚子に山瀬は声を荒げる。

「甘いよ！　あいつの柚子への執着の仕方は異常だった。絶対にまだあきらめてない」

「執着って、そんな」

「本当だって。あいつは……」

「そんなところでなにしてるの？」

話に夢中になっていたふたりはびくりと体を震わせた。

そこにいたのは、笑顔を浮かべた優生。

「あっ……」

途端に怯えた表情を浮かべる山瀬からは本気で怖がっているのが伝わってきて、彼の話が嘘ではないのだと分かってしまった。

だからこそ、柚子もなぜと疑問が浮かぶ。

「ねぇ、優生。昔、山瀬君に私と別れるように言ったの？」

柚子は恐る恐る聞いてみる。なにかの間違いであってほしいという願望があったのかもしれない。

「なんのこと？」

優生は分からないという表情を浮かべた。

あまりに自然な様子で信じそうになったが、山瀬の言葉を聞いた後では、そのまま優生の言葉を鵜呑《うの》みにすることはできなかった。

「山瀬君に暴力振るったの？　なんでそんなことしたの？」

「俺が？　暴力？」

あくまで知らぬ存ぜぬを貫こうとする優生に、山瀬が怒りを表す。

「したじゃないか、僕に！　柚子と別れろ、別れなければどうなっても知らないぞって」

優生は大袈裟《おおげさ》なほどにため息をついた。

「俺がそんなことするわけないじゃないか。あぁ、きっと大事なはとこが誰かと付き合ったことに寂しく感じてたから、それを勘違いしたんじゃないかな？」

「違う！　勘違いなんかじゃない」

やった、やってないの押し問答だ。

恐らく証人らしい者もいないのだろう。

「柚子。柚子はどっちを信じるの？　もちろん血のつながった俺だよね？」

悪びれる様子どころかむしろこの状況に困惑している様子の優生からは、山瀬を脅すようなことをしでかした雰囲気はない。

けれど、どちらを信じるかと問われたら……。

「私は……山瀬君が嘘を言っているようには思えない」

恐る恐る気持ちを伝えると、優生から笑みが消えた。

「ふーん。柚子は山瀬を信じるんだ？」

「信じるとかじゃなくて、そんな嘘をついても山瀬君にはなんの得にもならないもの。優生、どうしてそんなことしたの？　私が誰と付き合おうと優生には関係ないでしょう？」

「関係ない？」

「そうよ、ただの親戚じゃない。そこまで仲がいいわけでも親戚付き合いがあるわけでもなかったでしょう？」

急に優生をまとう空気がガラリと変わった。

震えそうになるほどに恐ろしく、息が詰まるような威圧感。

肩に乗っていた子鬼が目つきを鋭くし、柚子を護ろうと警戒する。

「関係なくなんてないよ。柚子は昔から俺のなんだ。それなのに横から出てきて俺の柚子と付き合うなんて。身のほどを教えてやっただけさ」

「なにを言ってるの……？」

穏やかだったこれまでとは違う傲慢なほどの雰囲気。これが優生の本性か。明るく人望があり、分け隔てなく笑顔で接する優生の裏の顔。

「冗談はやめてよ。私は優生の所有物じゃないわ」

「俺のだよ。ずっと昔から。そう、ずっとずっと、遠い昔から君は俺のものだ」

そう言う優生からは狂気すら感じる。

怖い……。

今まで感じたことのない、鳥肌が立つような恐れが湧き上がってくる。

「お前マジでおかしいよ。別にさ、今さら昔のことを掘り返してどうこうするつもりはないけど、柚子には婚約者がいるんだし、そっとしておいてあげなよ」

山瀬は顔を強張らせながらも柚子を後ろに下がらせる。

「黙れ」

いつも笑顔を浮かべている印象しかない優生は無表情で静かな声を発した。

すべての感情をそぎ落としたかのような〝無〟。

「忌々しい鬼。また俺から柚子を奪おうとする。柚子も柚子だ。俺がいながら今回も鬼を選ぶというのか？」

「なんのこと？　またって？」

まるで前回があるかのような言い方をする優生に、柚子は戸惑うばかり。

「そんなことが許されるはずがない！」

優生が山瀬を腕で振り払い、山瀬は地面に倒された。

「山瀬君!?　優生、なんてことするの！」

「また他の男を気にして。まだこいつが好きなのか？」

「そういう問題じゃないでしょう？」

優生との会話に食い違いを感じる。

「じゃあ、なに？　俺と柚子の邪魔をする奴のことなんて気にしなくていいのに」

優生が近付いてくる。

じりじりと後ずさる柚子に手を伸ばしてきたが、柚子はそれを叩き落とした。

「やめて、さわらないで！」

今の優生はこれまで以上に危険だと心の中で警鐘が鳴る。

優生は少しの間、柚子に叩かれた手に目を落としていたが、スッと顔を上げる。

まるで深淵《しんえん》を見つめるような、底なしの深い闇が広がっているような暗い瞳。

「ゆう、せい……？」

目の前にいるのは本当に優生かと疑ってしまうほど別人に見えた。そして……。

ゆらりと黒いもやのようなものが優生から発せられる。

「な、なに、あれ？」

その問いに答える者はいない。

ただ、あのもやはとても危険なものだと柚子の勘が告げていた。あれに捕らわれてはいけない、と。

「あーい」

「あーい！」

子鬼も危険を感じたのか、柚子の服を引っ張る。

柚子はようやく我に返ると、地に根を張ったように立ち尽くしていた足を動かした。

「待て！」

「あーい!」

追いかけてくる優生に向けて、子鬼が青い炎を投げつける。何度も何度も。

しかしほんの一瞬の足止めにしかならず、優生は子鬼の炎をひと払いで消し去ってしまった。

「あい⁉」

これには子鬼もだが、柚子も驚いた。

なにせ子鬼はそこらのあやかし程度なら返り討ちにするぐらいには強く作られた使役獣である。

そんな子鬼の攻撃を一瞬でないものにしてしまった。

「どうして？」

優生には子鬼に対抗するほどの霊力があるというのか。

だが、これまでそんなものを感じたことはないし、聞いたこともない。

ますます優生が未知の者に感じた。けれど、優生に捕まるのは危険だということだけは本能が警告を発していた。

柚子は同窓会が行われているカフェから急いで離れた。心の中で透子に謝りながら。

角を曲がると黒塗りの高級車が停まっており、柚子も見知った鬼龍院の護衛が柚子を呼び込んでいる。

「柚子様、こちらに」

柚子は開けられた後部座席に飛び乗った。

「あの青年はこちらで処理しますか？」

窓の外に優生の姿が見える。

さすがに車に乗り込んだ柚子を追ってくることはないようだが、恨めしそうににらみつけている。

護衛に優生の後始末をどうするか問いかけられても、鬼の処理がどういうことを意味するのか分からない柚子は否定しようとした。が、その前に龍が怒鳴るように止める。

『駄目だ、あれに手を出すな！』

「こう言ってるので、なにもしなくていいです」

「かしこまりました。お屋敷へ戻ります」

護衛は柚子の言葉に忠実に従い、冷静な声色で車を出した。

「はい。お願いします」

同窓会を途中退席することになってしまったが、あの場に戻りたいとは到底思えなかった。

すると、龍が手のひらを温めるように絡みつく。

『大丈夫か？　震えておるではないか』

そう言われて初めて、柚子は自分の手が小刻みに震えていることに気付く。

子鬼たちも心配そうに小さな手で柚子の手をそっと撫でてくれる。

「あいあい」

「大丈夫。なんともないから、心配しないで」

優生の姿が見えなくなったことでやっとひと心地つけた気がした。

屋敷へと帰ってきた柚子は、その足で祖父母の泊まっている部屋へ向かった。

「おじいちゃん、おばあちゃん、入ってもいい？」

「どうぞ」

部屋に立ち入ると、いつもと変わりない祖父母の姿に安堵が浮かぶ。

「あら、早かったのね。もう終わったの？」

祖母は柚子の早すぎる帰りに疑問を持ったようだ。

「うん、そう」

優生のせいで途中で抜けてきたとは言えず、曖昧に笑ってごまかした。

「あの、さ。優生のことなんだけど……」

「優生？　ああ、確か同じ中学だったわよね。優生も来ていたの？」

「うん……」

「あら、そうなの。元気だった？」

今日のことを知るはずのない祖母は無邪気に聞いてくる。

一瞬言葉に詰まりそうになるが、平静を装った。

「うん、元気そうだった」

「そうよかったわ。柚子は中学を卒業してから会ってなかったかしら？」

「おばあちゃんもそうじゃないの？」

はとこというだけでそこまで親戚付き合いが多いわけではないことを知っている柚子はそう思ったのだが。

「いいえ。中学を卒業してからもちょくちょく家に来ていたわよ」

「そうなの!?」

そんなことを初めて聞いた柚子は驚く。

「ええ。そういえばいつも柚子がいない時だったわね。来るたびに柚子の様子はどうだって聞きに来ていたのよ。柚子が両親と暮らしていたあの家でよくない扱いを受けていたのを心配していたわ。本当に優しい子よね」

「優生が……？」

「最近は来ていなかったわね。最後はいつだったかしら？」

すぐに思い出せない様子の祖母に、祖父が助言する。

「柚子があの家を出た後だ」

「そうそう。鬼の花嫁になったのよって言ったら、驚いた顔をして帰っていったのよ。それから来てないわね」

祖母は柚子の顔を見てふふっと口元に手を添えて笑う。

「きっと優生は柚子に気があったんじゃないかと思うのよ。それで、柚子が花嫁になったのがショックで来なくなったんだわ」

「優生が私を？」

「そうじゃなきゃ、あんなに柚子の様子をわざわざ聞きに来たりしないでしょう？」

優生が自分を……？

否定はできなかった。今日のあの優生を見てしまった後では。

ただ、それはきっと祖母が思っているようなかわいらしい感情ではないはずだ。柚子への異常なほどの執着心が見えたから。

そして、気になることがもうひとつ。

「優生って霊力があったりとかしないかな？」

「えっ？」

「ほ、ほら、優生のご先祖も一応は一龍斎の血を引いてるんでしょう？　一龍斎は昔神事を取り扱ってたって言うし、そういう不思議な力を持ってる人もいたりするのかなって」

するると、祖母は目を丸くした後、声をあげて笑った。

「なにを言ってるの。持っているはずないじゃない。あの子を小さな頃から知っているけど、そんな不思議な力を使っているところなんて見たことがないわよ」

「けど……」

だったらあれはなんだったのか。

子鬼の放つ炎を一瞬で振り払ったあの力。

以前に子鬼の攻撃を受けた柚子の父親は、ものの見事に吹っ飛んでいった。

それほどの威力があるはずの攻撃だったのだ。

そんな子鬼の炎をいとも簡単に消してしまった。

子鬼の攻撃がきかなかったことは以前にもあった。

陰陽師に捕まった時だ。あの時も子鬼の攻撃はきかず、子鬼は瀕死《ひんし》の状態に陥った。

ならば陰陽師の力なのか？

柚子に疑問が浮かぶ。

それに加え、優生を取り巻いていたあの黒いもやはなんなのか。

分からないことだらけだ。

「疑問に思うなら優生に直接聞いてみればいいじゃない」

それができればいいのだが、できることならば今後二度と会いたくはなかった。

しかし、優生をいい子と思っている祖父母に本音を話せるはずもなく、適当にごまかして部屋を後にした。


自分の部屋に戻った柚子は、ベッドの上に倒れ込む。柔らかい枕をぎゅうぎゅうと抱きしめてから深いため息をついた。

恐らく今日のことは護衛から玲夜の耳に入るだろう。いや、もうすでに入っているかもしれない。

般若と化した玲夜の姿が目に浮かぶようだ。

きっと優生は鬼龍院のブラックリストに載ったに違いない。

だが、それでもなぜか安心できない柚子に不安が押し寄せてくる。

「あーい」

心配そうに柚子をうかがっているふたりの子鬼の頭をそれぞれ撫でてやると、にぱっと笑った。

かわいい笑顔を見て、柚子もわずかに表情をほころばせる。

「どうして子鬼ちゃんの力がきかなかったのかな？」

「あーい？」

子鬼にも分からないのか、こてんと首をかしげる。

「まさか陰陽師とか？」

『それはない』

柚子は答えた龍の方を見る。

「どうして違うって言えるの？」

『陰陽師とはただ霊力がある者ではない。特別な修行を受けることで陰陽師になれるのだ。それは洗練された、とても美しい力だ。あの男の力はそれではない』

そう言われても柚子には判断できないのだが、龍ははっきりと違いを感じ取ったのだろう。

「じゃあ、あなたは子鬼ちゃんの力がきかなかった理由をなにか知ってるの？」

『あれは……』

龍は言葉を詰まらせた。

「優生から出ていた暗いもやを子鬼ちゃんやあなたも見た？」

「あい？」

「あーい」

子鬼はお互いに顔を見合わせて首を横に振っている。

だが、龍は……。

『やはり柚子にも見えていたのか？』

「それって普通は見えないもの？」

自分にははっきりと見えていたのに他には見えないというのは不思議だった。

『そうだな。普通の人間やあやかしには見えないものだ。前々から感じていたが、どうも我の加護を得たことで、以前より柚子の力が強くなっているな』

「それって神子《みこ》の素質ってやつ？」

『うむ』

「結局、神子の素質ってなに？」

何度となく神子の素質があると言われたが、柚子はいまいちどんなものか分かっていなかった。

『人でありながら人ならざる力を持つ者。神の意を伝える者。人ならざる世界を見ることができる者。まあ、陰陽師と似たような存在だが、神子は陰陽師のように修行をして強くなれるものではない。元来持つ素質が重要になってくる』

「ふーん」

説明されても柚子はちんぷんかんぷんだ。

「あのもやが見えたのはその神子の素質のおかげってのは理解できたけど、優生をなんとかできないの？」

『それは、難しいな。そもそも、柚子は神子の素質があるが見ることができるだけだ。血が薄まりすぎている。それに、神子の力は祓《はら》う力はあっても、実体を持つ者にはなにもできない』

「祓う力ってなに？」

うっかり聞き流すところだったが、柚子には聞き馴染みのない言葉だ。

『そうだな……。分かりやすく言えば想いの塊、念といったものだろうか。誰もが持っている感情は強ければ強いほど時に形となって現世に残ることがある。そんな想いが負へと傾けば怨念となって悪さをするのだよ。そういうものを浄化するのが祓うということだ』

「優生にはきかないの？」

「生きた人間には無意味な力だ」

「それじゃあ意味ないのに」

自分で優生をなんとかできればと柚子は期待したのだが、世の中そんなに甘くないようだ。

『生きた人間をどうにかする力があれば、そもそも最初の花嫁は一龍斎に捕らわれたりはしなかったであろうな』

「確かに」

それもそうだと柚子も納得したものの、優生に対してなにもできない現状にもやもやが止まらない。

『柚子はなにもせず護られておればいい。あれは我がなんとかする』

「できるの？」

『分からぬ。なにせあれは……』

龍の言葉を遮るように部屋の扉が開いた。

我が物顔で部屋に入ってきたのは玲夜である。その顔が険しいのは、今日のことを聞いたからだろう。

「玲夜……」

柚子はベッドから身を起こすと、自分から玲夜に抱きついた。玲夜の顔を見たことでほっと安堵した自分に気付いてしまい、抱きつかずにはいられなかったのだ。そして、彼の存在を確認するようにすりすりと頬を寄せる。

そんな柚子に玲夜は目を見張る。

「珍しいな。柚子がこんなふうに甘えてくるのは」

「駄目？」

「いや、駄目じゃない」

玲夜は柚子を抱きしめたまま隣に座り、膝の上に抱え直す。

いつの間にか、龍や子鬼の姿は消えていた。

「今日は大変だったようだな？」

「優生のことだよね？」

「元彼か？」

「違うよ。優生は私のはとこ」

優生が元彼だなんて、考えるだけで恐ろしい。

「そうだったな。確かに別の名前だった」

もしやと思ってはいたが、やはり玲夜は柚子の元彼について調査済みだったようだ。

それはそうだろう。柚子と付き合っていた男だなんて、重要なことを玲夜が調べていないはずがない。

最初同窓会に出席したいとお願いした時にすぐ賛成しなかったのは元彼の存在をよく知っていたという理由があったからかもしれない。

まあ、山瀬の方は今日の同窓会で柚子に婚約者がいることを知ったぐらいなので、玲夜が山瀬に対してなにかをしたわけではないだろう。

あるいは、今日の同窓会で未練でも見せれば話は違ったのかもしれないが、予想外の伏兵が現れてしまった。

「どういう奴だ？」

「ただのはとこ。学校では人気者でいつも人の輪の中にいるような好青年。……けど、私はなんだか苦手だった」

「珍しいな、柚子がなんの問題もなさそうな人間を警戒していたなんて」

「そうだよね。私もなんでか分かんない。透子も不思議がるぐらいだし。でも、昔からなんだか怖かったの。彼を目の前にすると体が強張っちゃって、早く逃げたいって思うの」

柚子はより一層玲夜にしがみついた。

玲夜はそれを受け入れ、柚子の髪を梳《す》く。

「別になにかをされたわけじゃないの。でも、今日は……」

今から思い出しても震えてきそうになる。

「いつからあんなふうに思われてたのか……。ずっとって言ってたけど、なんだか言葉がおかしかったし、私を見る目もまるで知らない人みたいで」

そう、まるで別人と話しているような気さえした。

きっと祖父母に話しても信じてもらえないだろう。

それほど柚子の知る優生ではなかった。

まあ、柚子とて、知っていると言えるほど優生のことを知っているわけではないのだ。なにせ、散々避けてきた相手なのだから。

「あっ！」

「どうした？」

「そういえば、透子に途中で帰っちゃったこと言うの忘れてた」

山瀬と共にカフェから出ていったところまでは見ていたかもしれないが、その後柚子が帰ってこなくてきっと心配しているだろう。

「それなら高道が連絡しているだろうさ」

さすが気が利く男、高道である。

「ならいいんだけど」

けれど後で電話をかけておいた方がいいだろう。

急にいなくなったのだ。多少怒られることは覚悟しておくべきかもしれない。

「それで、柚子はどうしたい？」

「どうって？」

「はとこなのだろう？　徹底的に潰せというならそうするが？」

玲夜はなんとも凶悪な顔で口角を上げた。

「潰す必要はないけど、今は会いたくはないかも……」

とはいえ親戚だ。二度と会わずにいることは難しいかもしれない。祖父母の家にちょくちょく会いに来ていたようなので、むしろこれまで会わなかった方がおかしいぐらいだ。

祖母は時々会いに来る優生のことを心待ちにしているふしがある。優生が来なくなったら祖母は悲しむかもしれない。

そう思うと、玲夜になんとかしてほしいとはお願いしづらかった。

「まさか優生が山瀬君に別れろなんて裏で脅してたとは思わなかった……」

「なんだ、元彼に未練でもあるのか？」

眉根を寄せる玲夜に、柚子はクスリと笑う。

「まったくない」

すぐさま否定すると分かりやすく玲夜の表情が緩んだ。

「でも当時は結構ショックだったんだから。理由を聞いても教えてくれないし、自分のなにが悪かったんだーって透子に泣きついたりしたし。まさかそんないざこざがあったなんて知らなかったから。それに優生とは中学卒業してから会ってないんだよ？　おばあちゃんによると様子を聞きに来ていたみたいだけど、今さらどういうつもりなんだろうって思いが強いかな」

「鬼龍院の網にも引っかからなかったな」

柚子の周辺のことは最初の頃に徹底的に調べられている。

柚子を害する可能性のある者はその時点で玲夜の元に情報がいっているのだろうが、優生はこれまでただの親戚でしかなかったので漏れたのだろう。

なにせ害されるようなことは一度としてないのだから。

「子鬼の力がきかなかったようだな？」

「うん、そうなの。子鬼ちゃんが手加減したわけではなさそうだし」

柚子に害があると判断した相手には容赦がないので、優生にもそうであったはず。

けれど、優生は子鬼の攻撃を何事もなく弾いていた。普通の人間にはできない芸当だ。

「柚子も神子の素質があるんだ。親戚ならば同じように一龍斎の血が強く出た者が他にいてもおかしくはないか……」

玲夜は神妙な顔で考え込む。

「うーん。そこまではよく分からないけど、優生から黒いもやが出てたの」

「もや？」

「うん。優生の体からゆらゆらと噴き出してきてる感じで、私と龍にしか見えなかったの。龍には私に神子の素質があるからだって言われたけど、結局あれがなんだか聞いてないや」

ただ、とてもよくないものだということはなんとなく感じた。

「龍はなにか知っているのか？」

「ちょっと様子がおかしかった気がするの。もしかしたらなにか知ってるのかもしれないけど……」

龍からは問うてくれるなと言っているかのような、どことなく聞きづらい空気が出ていた。

そして、どこか思い詰めているような雰囲気。

自分のはとこのことなので知りたいと思うが、聞いていいのかためらわせる。

「とりあえず、そのはとこには鬼龍院の調査を入れる。それでなにか分かるかもしれない。柚子は決してひとりにならないように気を付けるんだ。子鬼の力がきかないなら今以上に用心する必要がある。護衛も増やすぞ」

「うん。分かった」

そして、優生の調査が行われたのだが、特におかしな点は見つからなかった。

優生を監視している者からも、優生は何事もなかったかのように日常を暮らしているという。

それを聞いて柚子はどこかほっとした。

＊＊＊

人が寝静まる深夜。

まん丸の月が空で輝き、月の光に照らされて狂い咲きの桜は今日も美しく咲き誇っている。

その下で、白銀の龍は本来の姿に戻り、沈んだ表情で佇《たたず》んでいた。

『サク……』

ぽつりと名を呼ぶ。

もういない彼女の名を。

「アオーン」

「にゃん」

ゆっくりと振り返った龍の前に、二匹の猫が姿を見せる。

『お前たちも来たのか』

なぜ来たのか。どうやって来たのか。それをあえて問うようなことはしない。

彼ら霊獣にしてみればまったく意味のないことだからだ。

「アオーン」

二匹の猫は龍の隣にちょこんと座り、まろはなにかを訴えるように鳴き声をあげる。

その意味を龍は理解していた。

『そうだ。あの者が現れた。サクを死に追いやったあの男が』

龍は今にも噴き出しそうな怒りを抑えて憎々しげに答えた。そして、問う。

『お前たちは知っていたのか？』

「にゃーん」

みるくはこてんと首をかしげる。

『そうか、知らなかったか。まあ、当然か。知っていたらお前たちも放置はしていなかっただろう』

「アオーン？」

『どうするかだと？　我にも分からぬ。だが、柚子に近付けさせるわけにはいかない。あの子には今度こそ幸せになってもらいたいのだ』

「アオーン」

「にゃーん」

まろとみるくは、龍の言葉に同調するように鳴いた。

その時、三匹がいっせいに振り返る。

「やあやあ、随分と珍しい面子だね。いや、それがあるべき姿なのかな？」

にこやかな笑みを浮かべてその場に立ち入ってきたのは、鬼龍院の当主、千夜。

『よく我らがいるのに気が付いたな』

「そりゃあね。これでもあやかしの当主ですから」

得意げにドヤ顔をする千夜は、次の瞬間には真面目な表情に変わった。

「君たちは、〝なに〟を知っているんだい？」

『〝なに〟とは、随分と漠然とした問いかけだな』

「確かにそうだね。けれど僕にもなにが起こっているのか分からないんだから仕方がないよ」

千夜はゆっくりと歩みを進め、桜の木の下まで来ると、そっと木に触れた。そして、静かに問いかける。

「あの男とは誰だい？」

『…………』

龍は言葉を詰まらせた。

けれど、無言で居続けることを許す千夜ではなかった。

「君の言うあの男というのが、柚子ちゃんに害を与えるというなら、鬼の当主としても、玲夜君の父親としても見過ごすことはできないんだよ」

今日の千夜はいつもと違う。おちゃらけた空気などいっさいなく、怖いほどにその目は真剣だった。

「アオーン」

まるで促すようにまろは鳴いた。そして、どこまでも見通すかのような黒い目で龍を見る。

龍はまろの眼差しを受けて、深くため息をついた。そして、ここではないどこかを見るように桜を見上げる。

『因果は巡る。いい縁も悪い縁も簡単には絶ち切れるものではないのだ』

「どういう意味かな?」

千夜にはそれだけでは分からない。

『そなたはおかしいと思ったことはないか? なぜ霊獣である猫が柚子の前に現れたのか。なぜ我が柚子を加護するのか』

「ああ、そうだね。とても興味はあるよ。拾った猫が霊獣だなんて偶然を偶然と信じるほど僕は純粋ではないからね。普通な子のはずの柚子ちゃんに龍が加護を与えていることにも違和感がある。加護とはそんな簡単に与えられるものではない。それなのに、まるで当然のように君たちは柚子ちゃんのそばにいる。霊獣が三体もだ。あり得ないことだよ」

『そうであろうな』

くくっと龍は喉を震わせて笑った。

「その昔、最初の花嫁のそばには猫が二匹いたと伝えられている。これは果たして偶然なのか、ずっと考えていたよ」

『偶然でないと言ったらどうする？』

にぃっと口角を上げて龍は千夜を見据える。

千夜はその眉間に皺《しわ》を寄せた。

「僕は言葉遊びをするのは好きだけど、されるのは好きではないんだよねぇ」

龍はくくっと笑い、まろとみるくに視線を落とす。

『そなたの言う通りだ。サクには我以外に二匹の猫がそばにいた。我と同じ霊獣であったこの者たちがな』

「同じだと言うのかい？　この猫たちが、最初の花嫁のそばにいた猫たちだと」

『その通りだ』

まろとみるくも肯定するようにそれぞれ鳴き声をあげた。

「アオン」

「ミャーン」

「……なぜ、と聞いてもいいのかな？」

一拍の後、慎重に問い返す。

千夜には少しの驚きの後にそれを上回る疑問が浮かんできたようだ。

『言わねば納得しないのであろう？』

龍はやれやれというように首を左右に振る。

「そうだね」

『ただし、他言無用だ』

千夜はこくりと頷いた。

『……先ほども言ったな。いい縁も悪い縁も簡単には断ち切れぬと』

「言っていたね。因果は巡るとも」

『そうだ。柚子は……最初の花嫁、サクの生まれ変わりだ』

千夜は目を見張った。驚きはしたが、それを素直に受け止めはしなかった。

「それが真実だという証拠は？　そんなこと、分かるものなのかい？」

『我らには分かる。霊獣はあやかしよりも神に近い存在。その者の魂を見るのだ。決して間違えたりはせぬ』

「アオーン」

まろは、まるで『そうだ』と言っているようだった。

『猫たちは探して探して、ようやく見つけたのだ。サクと魂を同じくする者を。サクの生まれ変わりを。そしてそれを我にも伝えてきた。だから我は、我らは柚子のそばにいる。遠い昔より続く悪縁から柚子を助けたい。そのために……』

「悪縁？」

『サクが夫となる鬼から離され、死の原因となった男がいる。男はひどくサクに執着していた。我の加護を無理やりサクから引き剥がしたのもその男だ。強い霊力を持っておってな、それが唯一可能な男だった。我らにとって憎い憎い敵』

我らとは龍と、そして猫たちにとってということだろう。

『そもそも無理やり加護を引き剥がすなど、なんの代償もなくできるものではない。その代償はサクがその身で支払うこととなったのだ。サクは寿命のほとんどをそれにより失った』

龍は悔しげに歯噛《はが》みする。

「男はなぜそんな真似を？　執着していたのに」

『だからだ。サクは鬼を深く愛していた。人とあやかしの垣根を越えて、なによりも愛していたのが、あの男は許せなかったのだ。愛する鬼から引き離し、サクの尊厳を奪い、自分のものとしようとしたが、サクは鬼を愛した。それが我慢ならなかった男は、再びサクが鬼の元へ行くのを恐れ、加護を引き剥がしたのだ。サクが受けるだろう代償を知りながら』

「君の加護を奪ったのは、一龍斎の繁栄のためではなかったのかい？」

『もちろん、それもあった。ただ、一龍斎の一族と男の利害が一致したというだけだ。

一族の繁栄がなくても、男は同じ行動を起こしたであろうな。鬼にサクを渡さぬために』

龍はなにかを耐えるように一度目を瞑ってから、再び目を開ける。

『サクが捕らわれた後、我らと鬼の一族の力でなんとか逃がせた。我はサクの最後を看取ることはできなかったが、祈っておったよ。サクがあの男に邪魔されることなく愛する者の近くで安らかに眠れるようにと』

そう言って、最初の花嫁が眠るという桜の木の下を悲しそうに見つめた。

『柚子に出会えた時は嬉しかった。ようやく鬼のそばで安寧を得られたのだと。……それなのに、やはり因縁は断ち切られてはいなかった。あの男がまさかいるとはな』

「あの男というのは、最初の花嫁に執着していた男かい？　だが、それは遠い昔の話だろう？」

『生まれ変わっておったのだ、あの男も！』

激しい感情を荒ぶらせた声。

龍は自分を落ち着かせるために、息を吐いた。

『あの男も柚子のように生まれ変わり、柚子の前に現れた。最悪なことに、きっとあやつは前世を覚えている。一時の邂逅《かいこう》でも分かった。あの男から感じる柚子への執着心は』

「それは柚子ちゃんのはとこだっていう子のことを言ってるのかな？」

柚子が優生と諍《いさか》いがあった件は、当主である千夜の耳にも入っていた。

龍からこれだけのヒントがあれば、当然のように結びつけられる。

『そうだ。あやつは必ず柚子を狙ってくるだろう。我らはあれとの悪縁を断ち切りたいのだ。だが、記憶と共に霊力も保持している様子だ。しかも、力が変質しておる。奴の心を具現化したような、とても邪悪で醜悪な力を感じた。昔と同じへまはせぬが、慎重に動かねばならぬ』

「アオーン」

「にゃうん」

三体の霊獣は決意を固めたように眼差しを強くする。

千夜は少し考え込む素振りをした後に問いかけた。

「柚子ちゃんが最初の花嫁の生まれ変わりってことはさ、玲夜君もそうなのかな？」

サクの夫であった鬼も生まれ変わっているのだろうか。それとも、その時の鬼とはまったく違う別人が柚子を花嫁として選んだのか。

玲夜の親である千夜には少し気になった。

『それは知る必要があるか？　柚子は今幸せにしている。お前の息子のそばで笑い怒り泣いて、あの者を心から愛している』

一瞬目を見張った千夜は、次に優しい笑みを浮かべた。

「確かにそうだね。前世なんて関係ない。柚子ちゃんは柚子ちゃんで、玲夜君は玲夜君だ」

『そういうことだ。だから決して柚子に言うでないぞ。お前の息子にもだ。なにも知らないのなら知らずにいた方がいいこともある』

「分かったよ」

そして、千夜は急に両手をパチンと音を立てて合わせた。

「じゃあ、とりあえずはそのはとこ君をどうするかを考えないとね～」

それまでの真剣な表情はどこへやら。千夜はいつも通りののほほんとした空気でへらりと笑っている。

『あちらの動きが分からぬではどうしようもできぬ』

「それなら、はとこ君の監視を増やしておこうか。なにかあったらすぐに動けるように」

『そうだな。それは助かる。我は常に柚子のそばにいるとしよう』

「ふふふっ。〝柚子ちゃんを守り隊〟の結成だね」

桜が舞い散る中、柚子と玲夜の知らぬ間に静かに事態は動き始めていた。

4章

——夢を見ていた。

ヒラヒラと花びらが舞う美しい光景。

一年中咲き誇る鬼龍院本家にある桜の木。

柚子はそこに立っていた。

舞い散る桜をぼうっと見ていると、どこからか声が聞こえてきた。

『……こ……に』

よく聞こえないその声に耳を澄ませる。

『……をここに』

澄んだ女性の声だった。

その声は桜の木の下から聞こえてきていた。

柚子は地面にしゃがみ込んで桜の木の根元に手を乗せる。

「そこにいるの?」

『あの……を、ここに』

「なに?　よく聞こえない」

まるで電波の悪い電話のように聞き取りづらかったけれど、その声の主がひどく怒っていることはなんとなく伝わってきた。

それでも不思議と、怖いという感情は浮かんでこなかった。

『……ここに』

　その時、ぶわりと視界を覆い尽くすほどの桜の花びらが舞い、柚子は思わず顔を手で防いだ。

「ひゃっ」

『……を、ここに連れて……』

　微かに聞こえたその言葉。

「ここ？　連れてくるの？　誰を？」

　しかし返事はない。

　そして、桜の木は花びらに覆われるようにして消えていった――。

　そこではっと目が覚める。薄暗い中でゆっくりと体を起こすと、柚子の自分の部屋であった。

「夢……だよね？」

　そのわりには随分と現実味のあった夢だった。内容もよく覚えているし、まだ心臓がドキドキとしている。

「あれって鬼龍院本家の桜？」

　ぶつぶつとひとりごとを言っていると、足下で猫たちと一緒に寝ていた龍が目を覚ましてきた。

『どうしたのだ？　まだ起きるには早いぞ』

「ごめん。起こしちゃったね。なんか変な夢見ちゃって」

『変な夢？』

「あー、なんでもないの、ただの夢だし」

そうは言うものの、柚子はあの光景が頭から離れない。

『どんな夢だったのだ？』

「気にしないで。寝てていいよ」

夢ごときで大騒ぎする必要もないと寝るよう促すが、龍はまったく引こうとしない。

『そういうわけにもいかぬ。忘れたのか？　我が最初に柚子に接触を図ろうとしたのも夢の中だ』

「……そういえばそうだったね」

すっかり忘れていたが、よくよく考えると今回のように不思議な夢だった。

『神子の力が発現している柚子の夢は、ただの夢と捨て置けるものではない。おかしいと思ったのなら話してみよ』

そうこうしていると、寝ていたはずのまろとみるくまで起きてきてしまった。

その時、龍がなにかに気付く。

『柚子、髪になにかついておるぞ』

「えっ？」

髪を手で梳くと、はらりと髪からなにかが落ちた。

布団の上に落ちたそれを手に取る。

「これ、桜の花びら？」

夢と現実が交差する。

『なぜそのようなものが』

龍が不思議がるのも無理はない。この屋敷に桜の木は存在せず、そもそも桜の咲く季節はとうに過ぎているのだから。

「夢と関係あるのかな」

夢の桜が現実に現れるなど、そんなはずはないと否定する自分と、もしかしたらと思う自分がいる。

『どんな夢を見たのだ？』

「私もうまく説明できないけど、桜の木が出てきてね」

『桜の木？』

「うん。たぶんあれは本家の裏の木だったと思う」

木の違いが分かるほど植物に詳しいわけではないが、あれほど大きく不思議な力を感じる桜を他に知らない。

「その木の下から声が聞こえてきたの。女性の声だった。でも、なにを言ってるか聞き取れなくて、そしたら目が覚めたの」

『ふむ……』

龍は柚子の言葉を聞いて一生懸命考えているようだ。

「不思議な夢でしょう?」

『そう断言するのは時期尚早だ。今この時期にそんな夢を見るなどなにか意味があるのかもしれぬ』

「どんな意味?」

『うーむ。それは我にも分からぬが』

結局なにも解決しないではないかと、柚子がじとっとした眼差しを向ける。

「それじゃどうしようもないじゃない」

『うっ……』

龍は正論を言われてたじろぐ。

『だ、だが、きっとなにかあるはずなのだ』

「そのなにかが分からないんだから、気にしても仕方ないよ。もうひと寝入りしよう」

柚子は龍を放置して布団の中に潜り込んだ。

まろが大きなあくびをして先ほどまで寝ていた場所に寝転ぶと、みるくもその後に続いて寝に入る。

龍だけが取り残されたが、意地があるのか、ずっとうーんうーんとうなり続けていた。

おかげで目覚ましが鳴って起きた時には全員そろって寝不足だ。

まろとみるくは気にせず丸くなって寝ているが、大学に行かねばならない柚子はそういうわけにもいかない。

名残惜しく布団から抜け出した。


朝食の席で大きなあくびをする柚子に玲夜が気付く。

「どうした、寝不足か？」

「うん。ちょっと夢見が悪くて」

再びあくびをすると、柚子の腕に巻きついている龍までもが大きなあくびをしていた。

「あらあら、ふたりしてお眠のようね」

クスクスと笑う祖母は、突然あっとなにかを思い出したようだ。

「そうそう、柚子に言っておくことがあるんだったわ」

「お家のリフォームが完成したようなのよ。だから準備が整ったら私たちはお暇するわ」

「なに？」

「えっ、もう？」

柚子はひどく残念そうな顔をした。一時的なことだと最初から知っていたことだが、祖父母がこの家にいてくれるのが嬉しくてたまらなかったのだ。

また別々で暮らし始めたら会いに行く機会はぐんと減るだろう。それが分かっているので落ち込んでしまう。

しゅんとなる柚子に、祖父母は優しい笑顔を浮かべる。

「今生の別れというわけでもないだろう」

「そうよ。いつでも遊びに来たらいいわ」

「……うん」

そうは言われても、おじいちゃん子おばあちゃん子の柚子には寂しくて仕方ない。

「新しい家の完成を祝って、近所の人を呼んで小さなお披露目パーティーをするんだけど、柚子も来る？」

「行きたい！」

身を乗り出して食い気味に返事をする柚子は、恐る恐る玲夜を見る。

「行ってもいい？」

外出に玲夜の許可は絶対だ。

玲夜が現在優生のことを警戒しているのは理解しているが、ここで却下されたら泣く自信がある。

そんな気持ちで玲夜をうかがうと、仕方なさそうにため息をついた。

「ちゃんと子鬼たちを連れていくんだぞ」

「うん！　ありがとう」

柚子はぱあっと表情を明るくして満面の笑みを浮かべた。


「じゃあ、行ってくる」

「いってらっしゃい」

いつものように仕事へ行く玲夜を見送る柚子の頬にキスをして玄関を出ていこうとした玲夜は、不意に足を止め振り返った。

「そうそう。柚子が応募していたインターンの申し込みはすべて辞退しておいたからな」

「えっ……」

固まる柚子を置いて、玲夜はさっさと仕事に行ってしまった。

「そんなぁ〜」

残された柚子は、その場に膝から崩れ落ちたのだった。

翌日、大学でその出来事を透子にグチると、「当然でしょう」というなんとも冷たい言葉が返ってきた。

「ていうか、まだあきらめてなかったの？」

「内緒にすればいけるかと思って」

「そんなの無理に決まってるじゃない。あの若様が柚子の行動を監視してないわけないでしょう」

「だからって、勝手に辞退するなんてひどい……」

柚子はがっくりと、テーブルの上に突っ伏した。

「はぁ、なんかいい方法ないかな」

「泣き落としは？」

「昨日玲夜が帰ってきてからやった……」

「若様なんだって？」

「却下のひと言」

目薬まで用意して挑んだが玉砕だった。

「しつこい柚子も柚子だけど、若様もぶれないわね」

「いっそ、玲夜の弱味を握って脅すとか」

「やめときなさい。藪から蛇が出てくるかもよ」

「確かに、後が怖いかも」

玲夜を怒らせるといろんな意味でヤバいことになる。そもそも弱味などなさそうだ。

「インターンはさすがにあきらめないと駄目かぁ」

「応募し直しても全部潰されるだけでしょうしね」

「桜子さんがいたら相談に乗ってもらうんだけどな」

桜子はすでに大学を卒業しており、今は今度行われる披露宴に向けての準備で忙しくしているらしい。

そんな一生に一度の大事な準備の邪魔はしたくはないので、柚子も相談しにくい。

柚子が頭を悩ませていると、透子から疲れたような吐息が漏れる。

「どうしたの、透子？」

「うん。昨日ぐらいから調子が悪くてさ」

「風邪？」

「そんなんじゃないと思うんだけど、なんだか体がだるいのよね」

柚子は透子のおでこに手のひらで触れる。

「熱は……ないみたい。他に症状は？」

「ううん。今のところないわ」

「風邪の前兆かな？　最近、寒暖差激しいし」

もうすぐ梅雨が始まる時期。季節の変わり目は寒暖差も大きく、体調を崩しやすい。

きっと透子もその影響を受けているのかもしれないと、この時はそう思っていた。

「しんどくなったら医務室行った方がいいよ？」

「うん。そうする」

「にゃん吉君は知ってるの？」

「知らない。これぐらいの体調不良はいちいち話さないもの。ちょっとでも具合が悪いなんて言おうものなら、即病院行きよ。過保護なんだから、にゃん吉は」

それには柚子も苦笑を禁じえない。

「にゃん吉君も玲夜と同じだね～」

きっと柚子がそうなったら玲夜も心配しすぎるほどに心配するだろう。

花嫁を持つあやかしの過保護っぷりはどこも似たようなもののようだ。

それをあきれつつも仕方ないと受け入れているのは、やはり相手を愛おしいと感じている証拠だろう。

「それよりさ、優生のことはどうなったの？」

優生と聞いて、柚子は苦虫を噛みつぶしたような顔をする。

「優生とはあれから会ってないよ」

透子には優生との間に起こったいざこざを話していた。中学の元彼である山瀬が別れを切り出した本当の理由も含めて。

かなり驚いていたが、後々山瀬からも詳しい事情を聞いて憤っていた。

「まさかあの優生がねぇ。まあ、でもちょっと分かるかも」

「どの辺りが？」

柚子は嫌そうに顔をしかめた。

「だってさ、柚子はかなり優生を苦手にしてて自分からは絶対に近付かなかったのに、優生は柚子にちょくちょく話しかけてきてたじゃない。よくよく考えれば、好きな子の気を向かせたかったのね」

「好きな子ね……」

透子は優生の同窓会での様子を見ていないから分からないのだ。

あれは好きな子の気を引きたいとかそんなかわいらしいものではなかった。もっとほの暗くねっとりと絡みつくような感情だった。

思い出すだけでも背筋がぞわりとする。

今は玲夜が優生に監視をつけてくれているのが救いだ。いつ現れるのかとビクビクしなくていい。

「ほんと勘弁してほしい……」

「柚子って時々〝ちょいヤバ〟なのに好かれるよね。誰とは言わないけど」

「それって玲夜も含まれてるの？」

「だから、誰とは言わないってば。まあ、若様の場合は〝ちょいヤバ〟じゃなくて、かなりヤバイと思うけどね」

透子は少し声を潜める。

「だってさ、一龍斎って最近急激に衰えてんじゃない。株価が大暴落して、マジで経営大変なことになってるみたいよ。柚子知らないの？」

「知らない。そういうのよく分からないから」

「にゃん吉が株価の推移を見ながら顔を引きつらせてたもの。私に、『絶対、鬼龍院様を怒らせるなよ』って釘刺してさ」

一龍斎をその地位から引きずり落とさんと、玲夜を始めとした鬼龍院一族が動いているのは少々話には聞いている。詳しいことは話さないけれど、うまくいっているとも耳にしている。

けれど、まさか経営に影響を及ぼすまでとは思っていなかった。

そういえば、一龍斎の当主の孫娘で、龍の加護を持っていたミコトの姿を最近見ないなと思っていた。たくさんのお付きの者を引き連れていたりと、なにかと目立つので視界に入ってくるのだが、それも最近ない。

　そのことを透子に話せば、柚子たちが三年に上がる前に大学を辞めたのだという。

「そうだったの？」

「知らなかった？　結構一部で騒がれてたんだけど」

「全然知らなかった。玲夜もなにも言わなかったし」

『我は知っておった』

　と、それまで静かに柚子の腕に巻きついていた龍が答える。

『当主の命令で別の大学に編入となったようだぞ』

「どうして？」

『ほれ、あの小娘、我を返せと柚子に食ってかかっておったであろう。それを鬼龍院の当主が向こうの当主に苦情を入れたのだ。我もその場に立ち会って、関わるならどうなっても知らんぞと脅しておいたからな』

　そう言って、龍はケケケッと至極愉快そうかつ悪そうに笑っている。

「柚子には過保護な保護者がたくさんいるわね」

「ありがたいやら、頼もしいやら」

　自分を守ろうとしてくれる者がこんなにいることに心が温かくなるが、透子の評価は違った。

「周りからしたら怖いわよ」

「そうかもね」

柚子はくすりと笑う。

けれど、そんな甘い保護者にいつまでも頼ってばかりもいられない。

柚子は玲夜が帰ってくる時間を見計らって玄関で待ちかまえた。

仁王立ちする柚子に目を丸くした玲夜は、次の瞬間には甘くとろけるような顔に変わる。

「待っていたのか？」

「うん」

柚子は並々ならぬ決意を持って待っていたのだが、玲夜はそんな事情を知るよしもなく、愛しい花嫁に出迎えられたことを素直に喜んで柚子にキスを迫る。

が、それを受け入れるのは今ではない。

さっと避けた柚子に、玲夜は眉間に皺を寄せる。

「どうして逃げる」

「話があるの」

「……却下だ」

「まだなにも言ってないのに！」

話す前から一蹴されて柚子は大いに慌てた。

どうやら柚子が言わんとしていることを玲夜は察しているらしい。玄関を上がると、ズンズンと自室に向けて歩いていく。

それを柚子は必死の顔で追いかけた。

「玲夜ぁ」

「………」

目の前でパタリと閉まる扉の前でうろうろしていると、しばらくして扉が開き、スーツから部屋着の和服に着替えた玲夜が姿を見せた。

柚子は問答無用で部屋に押し入る。

「玲夜、大学卒業後の進路のことなんだけど」

「だから、却下だ」

柚子には甘い玲夜もこの件に関しては取りつく島もない。

「どうして？　インターンの応募だって勝手に辞退しちゃうし」

さすがに確認もなくインターンの応募を辞退してしまったことには柚子も憤慨している。

「当たり前だ。大事な花嫁をよそに出せるか」

「応募した中には玲夜の会社のもあったじゃない」

駄目元で一応応募してあった。

応募しても、大会社の頂点にいる玲夜のところまでインターンの名簿など行かないだろうと思っていたがそう甘くなかったようだ。

「玲夜の会社なら働いても問題ないでしょう？」

「駄目だと言ってる」

「……ケチ」

ぼそっとつぶやいた言葉はばっちり玲夜に聞こえたようだ。妖しげな笑みを向けられる。

「柚子」

「な、なんでしょう？」

なぜだろうか。肉食獣ににらまれた草食動物の気分になるのは。

言いすぎたかと後悔したがもう遅い。

「最近は随分と俺に対して遠慮がなくなったな」

「そ、そうかな？　気のせいじゃないかな。あ、ははっ……」

乾いた笑いで誤魔化すが、誤魔化されてくれる玲夜ではない。

「それだけ俺に慣れたなら、いっそ結婚を早めるか？」

柚子はぶんぶんと首を大きく横に振る。

だが、勢いよく否定した後になって、それでは結婚を嫌がっているように思い違いをされかねないのではと心配になる。

すると、玲夜はそれはもう深いため息をついて柚子と向き合う。

「そもそも、柚子はどうして働きたい？」

「どうしてって……。働くのは当たり前のことじゃないの？　玲夜だって働いてるじゃない」

「多くの人は生活するために働いている。だから嫌な仕事だろうと、たとえ文句を言いながらでも仕方なく働いている者がほとんどだろう。残念ながら俺もそのひとりだ。俺に与えられた責任を果たすために働いている。自分のしたいことで金を稼ぎ生きていけている者はほんのひと握りだ」

「うん」

柚子は静かに頷いた。

「そんな中で、柚子は別に嫌々仕事をする必要のない立場だ。それは理解しているな？」

「……うん」

玲夜のすねを大いにかじっている柚子は、働かずとも生きていける。お金を稼ぐ必要などないのだ。

それでもここまでしつこく働きたいと言うのは、働くのは普通の一般社会に生きている者なら当然のことだと思っているから。別に仕事が好きなわけではない。

「もう一度聞くぞ。柚子はどうして働きたい？」

「それは……。玲夜の役に立ちたいし」

「俺のためを思うなら、この屋敷で俺の帰りを待っていてくれる方がよほどためになる。働く方が迷惑だ」

それが玲夜の本音なのだろう。

「そうだけど……」

働きたい理由がすぐには思い浮かばず、言葉に詰まる。なんだか突然迷子になった子供のように不安な気持ちになってくる。

「柚子」

玲夜は優しく名を呼ぶ。まるで幼い子供に言い聞かせるように。

「言い方を変えよう。柚子はなにをしたい？」

「なにを？」

「そうだ。別に無理をして働く必要なんてないんだ。なら、柚子は大学を卒業後、どんなことをして暮らしたい？」

「……そんなこと急に言われても」

ただ漠然と働きたいとしか考えていなかったので〝なにをしたい〟と聞かれても困ってしまう。

「ちなみに、母さんがなにをしているか知っているか？」

「沙良様？」

「ああ。母さんはあれでいて手先が器用でな。自作のアクセサリーを作ってはネットで売っている」

「そうなの!?」

それは初耳だった。

「桜子も卒業後はしたいことがあると言っていた。高道の補佐の傍ら、やりたいように動いているようだ。柚子だって、好きなように生きればいい。もう無理をして働いて逃げなければならない家族もいないのだから」

自由に。自分の好きなことを。

「でも、そんな我儘が許されるのかな？」

「柚子の我儘を叶えるために俺がいる。柚子は柚子がしたいことをしたらいいいんだ。柚子はどうしたい？」

「私は……」

言われて考えてみたけれど、なにも浮かんでこない。

「分かんない……」

答えを導き出せなかった自分にひどくガッカリした。

自分には分からない。自分がなにをしたいかも、卒業後の展望もなにひとつ浮かばない。

「焦る必要はない。ないのならこれから見つけていけばいい」

「見つかるのかな？」

「ゆっくりでいい。だから、俺への義理を果たすために働く必要はないんだ。柚子が柚子のために働きたいのなら俺は文句は言わない」

心の中には常に玲夜への感謝があった。

あの最悪な家族から救ってくれた感謝。

なにもない自分をそばに置いてくれているという感謝。

だから、いつかなにかの形で返さなければならないと自分を追い込んでいた。

玲夜はそんなことを必要とはしていなかったのに。

自分の心の中を見透かされたようで恥ずかしい。自分の価値を示すことで、ここにいてもいいと思おうとしたずる賢い自分がいた。

けれど、そんな柚子を知ってもなお、玲夜は柚子を離しはしなかった。

柚子の存在を認めてくれる。役に立たなくても、ただそこにいることを許してくれる。

なんて幸せなことなのだろうか。

「……分かった。就職するのはあきらめる」

玲夜は満足そうに優しく微笑んだ。

「それでいい。柚子が幸せでいてくれることが俺の願いだ。それ以上は望んでなどいない」

「玲夜は私を甘やかしすぎる」

「まだ足りないぐらいだ。もっと我儘になれ、柚子。俺が手に負えなくなるぐらい」

玲夜は甘い毒を吐く。思わずその毒に触れてしまいたくなる誘惑に目がくらむが……。

「それは私が嫌かも。でも、少し考えてみる。自分のしたいことを」

「ああ。けれど、焦る必要はない。時間はたくさんあるんだからな。じきにそれよりも考えなくてはならないことがたくさんできて、余計なことを考えるどころではなくなるだろうしな」

「なに？」

「結婚だ。大学を卒業したら籍を入れる予定だろう？　鬼龍院の次期当主の結婚だ。規模も大きくなるから準備が始まったらかなり忙しくなる」

くっと口角を上げる玲夜に、柚子も微笑んだ。

「確かに、そう考えると就活なんてしてる暇はないかも」

「母さんが一番はしゃぐだろうからな。いろいろと覚悟しておいた方がいいぞ。まあ、嫁姑《よめしゅうとめ》問題はなさそうなのが幸いか」

「うん。沙良様は優しいから好きだもの」

世の中には泥沼の嫁姑問題があったりもするが、沙良の気さくな性格のおかげでそんな問題は柚子には無縁だ。

だが、その性格故に結婚などというイベントごとには周囲の抑えがきかないほど大はしゃぎしそうなのが心配ではある。

なにはともあれ、柚子の就職問題はこれで解決できたと言っていいかもしれない。

このことをなによりほっとしたのは玲夜であろう。


翌日、働くことをやめて、やりたいことを探すという話し合いで決着がついたと透子に報告した。

「若様、ほんと柚子に甘いわねぇ。で、なんで柚子は資格試験の本なんか読んでるわけ？　就活辞めたんじゃないの？」

就職活動をしないと宣言したにもかかわらず、現在柚子は就職に役立ちそうな資格取得のためのパンフレットを大量に持っていた。

「したいことって言われてもなにがいいか分からないから、とりあえずいろんな資格取っておいたら、したいことが見つかった時にも役立つかなって」

「真面目かっ！」

『柚子はそれが取り柄だ』

鋭い透子のツッコミに、龍までもがそう口にする。

「でも、まあ、若様はこれで安心したんじゃないの？」

「多分ね」

柚子としてはなんだかんだで玲夜の思い通りになったようで、ちょっとだけ不満があったりなかったり。

そして、柚子が就職したがるからという理由で強制休暇にされていたバイトだが、再開を望んだものの、したいことを探すのだろうと言われて結局辞めることになってしまった。

そういう意味でも玲夜の手のひらで転がされた気がする。

「透子は卒業したらなにするの？」

「うーん、なんだろう。まだ分かんないや。別にやりたいこともないしね」

「そうなんだ」

「そんなもんよ。だいたい、私たちの年齢でこれをしたいって明確な夢を持ってる人なんて一部だけよ。他の皆はなんか迷走したまま就職して年取っていくんだから。柚子も無理して探そうとせずに流れに身を任せてたらそのうち見つかるわよ」

カラカラと軽快に笑う透子に、柚子も少し肩の力が抜けた。

「楽観的な透子の性格がとてつもなく羨ましい……」

「あーいー」

「あいあい」

同意するように子鬼たちがうんうんと頷く。

「柚子がド真面目なだけでしょ」

「いや、普通でしょ」

「いやいやいや」

「いやいやいや」

このままだと永遠に終わりそうにない無駄な言い合いが続くかと思った時、急に透子が頭を押さえて顔を歪《ゆが》めた。

「透子？　どうしたの、頭痛いの？」

「ううん。ちょっとめまいがしただけ。もうなくなった」

「大丈夫なの？」

「平気平気。一瞬だったし。でも、なんだか最近よくあるんだよね。体のだるさも抜けなくて」

本当に一瞬のことだったのか、すぐに元気そうにしている。

けれど柚子の心配はなくならない。

「前から言ってたよね。まだ治ってなかったの？　病院で診てもらった方がよくない？」

「うーん。あんまり病院とか好きじゃないのよね」

嫌そうな顔をする透子に、柚子はあきれる。

「そんな子供みたいなこと言って。大きな病気だったらどうするのよ。どうしてもっと早く病院に行かなかったって、にゃん吉君に雷落とされるよ」

「それはめんどいわね。でも、ちょっと調子が悪いだけだし」

「念のため行っておいた方がいいよ。ついていこうか？」

「それこそ子供じゃないんだから。大丈夫よ、病院ぐらいひとりで行けるわ」

透子は困ったように拒否するが、柚子は疑いの眼差しで見る。

「逃げ出さない？」

「……私をなんだと思ってるのよ」

「だって、ねぇ？　透子だし」

同意を求めるように子鬼たちに目を向ければ、「あーい」と子鬼たちも否定する様子はなく頷いた。

「でも、そんなに調子悪いなら駄目か」

「なんかあるの？」

「ほら、おじいちゃんとおばあちゃんの家のリフォームが終わったから、週末にでもささやかに近所の人とか呼んでお祝いをしようってなったの。人数多い方が楽しいから透子も誘ったら？っておばあちゃんが言っててね。けど、その調子だと難しそうだなって」

無理をさせたら東吉に自分が叱られてしまうと、柚子はあきらめようとしたのだが。

「やだ、行くわよ」

「えっ、だって体調が……」

「ちょっとだけよ。もちろん参加するわよ！　手土産はなにがいいかしら？」

和菓子？　洋菓子？　などと悩んでいる透子をうろんげに見る。

「ほんとに来るの？」

「駄目なの？」

「その前に病院行ってくるなら文句はないけどさ」

「そこまで病院に行かせたいわけ？」

透子は苦い顔をしている。やはり行く気はなかったようだ。

「透子を心配してるんじゃないの。それと、にゃん吉君の心の平穏のため。じゃないと後でにゃん吉君が騒ぐよ？」

「まあ、確かにね」

柚子が同じことになれば玲夜とてそれはもううるさくするだろう。

そうなることを予想できるだけに、透子の体調を無視できない。透子の親友としてでもある。

病院でお墨付きをもらえれば柚子も安心できる。

透子は観念したように深いため息をついた。

「はぁ、分かったわ。今日の帰りにでも病院行ってくる」

「そうしてくれたら、私も安心」

「なんだかなぁ……」

行く気になったものの透子はまだ納得はしていないようだ。

「病気は早めに治しておくにこしたことはないんだから。透子だって、私が体調崩したら心配してくれるでしょう？」

行動力のある透子なら、言葉で諭す柚子よりももっと強制的に連行しそうである。

「はいはい、分かりました―」

ちょっと不貞腐れ気味の透子にふたりの子鬼がよじ登り、よしよしと頭を撫でている。

「あいあい」

「あい！」

それはまるで、いい子いい子と親が子供を慰めているようで、柚子は笑いを噛み殺した。


そして週末、リフォームされ新しくなった家に戻っていった祖父母のところへ遊びに行く日となった。

本当は玲夜も一緒にと思っていたのだが、間の悪いことに高道と桜子の披露宴の日と重なってしまい行けなくなってしまったのだ。

披露宴には、一龍斎の関係者も来ることから柚子は不参加が決まっている。

万が一の危険を避けるためである。

本音では柚子だって行きたい。しかし、非常に残念だが駄々をこねるわけにもいかなかった。

なので参加するのは玲夜だけ。

祖父母は玲夜ならばいつでも歓迎すると言ってくれているので、今日は柚子だけが祖父母の家に向かう。

だが、玲夜は少し心配そうにしていた。

「一応護衛を外に配置しておくが、子鬼たちは絶対に連れていくんだ」

『我もおるぞ』

少し不貞腐れたような様子の龍は、普段から子鬼のことしか言わない玲夜に少し不満なのかもしれない。

自分もいるのだぞという主張だ。

柚子は分かっていると伝えるように、腕に巻きついている龍の頭を撫でてやる。

すると、少し機嫌を取り直したようだ。

「そんなに心配しなくても家の中だし、あの家には玲夜が結界を張ってるんでしょう？　おじいちゃんとおばあちゃんが招かない客は弾き飛ばされちゃうんだから大丈夫だよ」

そう、以前に招かれざる柚子の家族が突撃してきたことから、その後玲夜がとびっきり強力な結界を張ったよう。

柚子にはまったく分からないが、東吉が思わず回れ右をして帰ろうとするほどには強力なようだ。

当然柚子が暮らすこの屋敷にも玲夜が結界を張っていて、祖父母の家のものはそれに勝るとも劣らない渾身《こんしん》の結界らしい。

ただただ柚子の生活圏を護らんがための、玲夜の涙ぐましい献身である。

屋敷は玲夜の許可がない者の出入りを禁じるが、祖父母の家は祖父母の許可がない者の出入りを禁じられるようになっている。

なので、そこまで玲夜が柚子の身を案じる必要はないのだ。祖父母の家の結界がどれだけ強力なものなのかは、結界を張った玲夜自身が分かっている。

そして、玲夜ですら負ける龍の加護が柚子にはある。

柚子はなにも案じてはいなかったが、玲夜のそれはもう癖のように柚子を心配する。

これほど過保護に大事にされるのは、むずがゆいような嬉しさがあるが、何事も程々が肝心だ。

柚子は安心させるように玲夜に抱きついてから、にこりと微笑む。

「玲夜も桜子さんと高道さんの披露宴に行く準備をしないとでしょう？　私には子鬼ちゃんたちとすごく強い龍が護ってくれてるんだから大丈夫よ」

龍はドヤ顔でふふんと鼻息を荒くする。

「あーい」

「あいあーい！」

子鬼たちも気合いは十分だ。

「どんな様子だったか、帰ってきたら教えてね」

さすがに玲夜に披露宴をパパラッチしてこいとは言いづらい。

千夜と沙良がプロのカメラマンを用意しているようなので、写真や動画は今度見せてもらうことを約束している。なので、柚子も心置きなく祖父母の家に遊びに行けるというものだ。

「分かった。なにかあったらすぐに電話してくるんだ」

「うん。玲夜もなにかあったら電話してね」

玲夜に限ってなにか問題が起こるとは思えないし、起こったとしても自分で難なく解決してしまうはずだから心配の必要はないのだろうけれど。

お互い準備をするために離れ、柚子は自身の持つ服装の中では高そうに見えないラフなシャツワンピースを着ていくことにした。

ゆっくりと用意をして部屋を出れば、本家で行われた式の時とは違い、ブラックスーツに身を包んだ玲夜が出かけるところだった。

和服も似合うが、スーツはスーツで大人の色気が倍増したようで眼福である。思わず写真を撮って残したくなる格好よさだ。

透子がここにいたなら迷わずシャッターを切っていたことだろう。

あの図々しさが羨ましくもある。

毎日一緒にいて馴れたつもりでいても、ちょっとした時に見えるギャップに、未だに柚子はドキドキし通しだ。

「いってくる」

「うん。いってらっしゃい」

「さっきも言ったが、くれぐれも……」

「はいはい。単独行動はしないから」

あまりのしつこさに柚子もあきれるしかない。

不承不承ながら、時間も迫っているらしい玲夜は名残惜しそうに柚子の頬を撫でてから屋敷を出ていった。

そして柚子も玲夜が出て少ししてから、車に乗って透子を迎えに向かったが、そこにはなぜか東吉の姿も。

「あれ、にゃん吉君も一緒？」

「そうなのよ。一緒に行くって聞かなくてさ」

「まあ、こっちは別にかまわないけど……」

なぜ急に一緒に行くことになったのかと不思議に思っている柚子に東吉が説明する。

「透子の体調が悪そうなんだ。家でじっとしてろって言うのに、行くって聞かなくてよ。柚子からも説得してくれ」

「たいしたことないもの」

心配されている透子はというと、ちょっと迷惑そうだ。

「透子、まだ体調治ってないの？　病院は？」

「行ったわ。でも特に異常はないって。風邪だろうって薬もらってきただけよ」

「本当に大丈夫なの？」

これまで病気らしい病気をしたことのない透子の不調が、柚子は気がかりだった。

それもかなり長引いている気がする。

しかし、当の本人は周囲の心配を切って捨てる。

「大丈夫だってば。ほら、行きましょう」

柚子も東吉も、行く気満々の透子を止める術を持っておらず、あきらめて柚子が乗ってきた車に乗り込んでから柚子ははっとする。

あやかしの中では弱い猫又の東吉は、ことさら鬼を怖がっている。

弱いあやかしが最強の鬼を怖がるのは、本能によるものなので仕方ないのだとか。

東吉にはかわいそうなことだが、柚子の車を運転しているのは東吉が苦手にしている鬼である。

助手席にも護衛のための鬼が乗っており、東吉の顔色は悪い。きっと、自分の家の車を出さなかったことを後悔している顔だ。

透子はそんな東吉に気付かず楽しそうだが、察してやってほしい。今にも車から飛び出しそうなほど怯えていることに。

祖父母の家に着くまでの間、東吉の苦難は続くのだった。

ようやく祖父母の家に到着すると、東吉は逃げ出すように車から飛び出した。

「どうしたの、東吉？　車酔い？」

透子には理由が分かっていないようだ。霊力を感じることのできない人間なので、東吉が怯えているのに気付かないのは仕方がない。

「むしろ、車酔いの方がよかった……」

後部座席の扉を開けた運転手の鬼は、東吉の顔色の悪さは自分がいるせいだと分かっているようで苦笑している。

だが、彼にはどうしようもできないことなので無言を通していた。

「それでは柚子様、お帰りの際はご連絡ください」

「はい。ありがとうございます」

柚子たちを乗せてきた車はいったんそばを離れる。

黒塗りの高級車を一般家庭が並ぶ住宅街に置いておくのはかなり目立つ。そういうのを嫌う柚子のことを配慮してくれてのことだ。

とはいえ、玲夜がつけた護衛はそこら中に潜んでいるのだろう。

まあ、近所に迷惑をかけないのならそれで問題ない。

柚子が喜び勇んで祖父母の家に入ろうとすると、手前で東吉が立ち止まる。

「なにしてるのよ。行くわよ、にゃん吉」

「ちょっと待て、俺には心の準備というものが必要なんだ！」

「なに訳分かんないこと言ってるのよ。さっさとしなさいよ」

透子は急かすように東吉の背中を押した。

「あっ、お前、馬鹿っ。この強力な霊力を感じないのか!?」

「分からん、分からん。なんせ人間だし」

透子は問答無用で東吉を強制的に敷地内に押し込んだ。

どうやら玲夜の霊力の影響があるのは表面的なものだけのようで、中に入れば東吉はほっとしたように息を吐いていた。

「こんな強力な結界を別に張れるなんて、本当に鬼龍院様はとんでもないな」

柚子と透子にはいまいち理解できないことだ。

龍だけは『これぐらい、たいしたことなかろうに』などと言っている。

玄関を開けるとすぐに祖母がやってきた。

「いらっしゃい。柚子に透子ちゃんに東吉君」

「お邪魔します、おば様」

「こんにちは」

透子と東吉がそれぞれ挨拶して、手土産を渡している。

「どうぞ。もう始まっているのよ」

綺麗になった家の奥からは複数の人の賑やかな声が聞こえてきていた。

「あの人ったら朝から近所の男の人たちとお酒を飲んで、もうすでにベロベロよ。困ったものだわ」

困ったと言いつつも、祖母の顔はとても優しさにあふれていた。

柚子が大好きな祖母の笑顔である。

「おばあちゃん、住み心地はどう？」

「ええ。それはもう最高よ。バリアフリーにもなって、廊下も広くなったし、とても歩きやすくなったわ。一番はキッチンが使いやすくなったことかしらね」

どうやら喜んでくれているようで、少しでも祖父母孝行ができたのかもしれないと、柚子の方が嬉しくなった。

「ありがとう。あなたのおかげね」

そう言って、宝くじを当ててくれた龍の頭を感謝と共に撫でる。

『むふふふ、そうだろうとも』

褒められた龍は得意げだ。

「さあさあ、中に入って」

祖母に促されて玄関を上がる。

リビングに向かえば、顔を真っ赤にしてベロンベロンに酔ってご機嫌の祖父と、同じような状態になったご近所のお年寄りが大きな声で笑っている。

テーブルの上にはカラになった酒瓶がいくつも転がっていた。

「うっ、くっさ」

酒の匂いが充満している。柚子は一直線に窓に向かって換気をした。

「おー、柚子。やっときたか」

祖父が酒瓶を掲げて楽しそうに笑う。そこには普段のような口数の少ない気難しさはなかった。

そして、その存在を気付かれた柚子は年寄りの男たちに捕まってしまった。

「柚子ちゃんじゃないか、別嬪《べっぴん》になったなぁ」

「うちは男しかおらんから羨ましいなぁ」

「ほらほら柚子ちゃんこっちおいで～」

逃げる間もなく捕獲された柚子は、酔っ払いのただ中に座らされ、ジョッキを渡され日本酒を注がれる。

「ささ、グイッと」

「いや、これビールジョッキで、日本酒を入れる大きさじゃないからっ」

「遠慮しなくていいんだぞぉ～」

酔っ払いにはなにを言っても響かない。

ジョッキになみなみと注がれた日本酒を前に途方に暮れる。

二十歳となりお酒を嗜《たしな》むようにもなった柚子だが、残念ながらあまりアルコールには強くない。こんな量のお酒を摂取したら一発ＫＯされてしまう。

どうしたものかと視線を巡らせれば、透子は巻き込まれまいと奥様方の輪の中に入っており、東吉もそこに。

そして祖母はお客のもてなしをせんと動き回っている。

誰も柚子を助けてくれる者がいない。ここは意を決して飲むべきかと覚悟を決めた時、柚子の腕に巻きついていた龍が移動して、器用に尾でジョッキを持ち上げ大きな口を開けて飲み始めた。

ゴックンゴックンと一気飲みした龍に、柚子はポカンとする。

そして飲み干した龍は陽気にしゃべり出す。

『うむ、美味ぃ。もっと我に酒を持ってくるのだぁ～！』

「おっ、いける口だねぇ」

「だったら次は芋焼酎だー」

誰ひとり龍の存在に疑問を抱いている者はいない。むしろ仲間が増えたとテンションが爆上がりしている。

その隙を突いて柚子は酔っ払いの中から抜け出した。

「危なかった……」

危うく酔いつぶされるところである。

「あーい」

「あい」

子鬼もほっとしたような顔をしている。さすがの子鬼も酔っ払いの相手は嫌だったようだ。

「ここは任せよう」

「あい」

「やー」

ぎゃはははっと、うにょうにょ体をうねらせながらどんどん酒を消費していく龍に、酔っ払いたちはおもしろがってどんどん酒を注いでいく。

そして、さらにそれを体に入れていく龍。

いったいあの体のどこに吸収されていくのか甚だ疑問である。まあ、元の体はもっとずっと大きいので、問題はないのだろう。

酔っ払いの相手は龍に任せることにした。


柚子は、酒ではなく料理をつまんでおしゃべりを楽しんでいる奥様方の輪に加わり、透子の隣に腰を下ろす。

「あれ？ 柚子、よくあの中から逃げられたわね。酔っ払いの餌食になってるかと思ったのに」

予想外という顔をしている透子をじとっと見つめる。

「そう思うなら、助けてくれたらいいのに」

「嫌よ。私まで巻き込まれたくないもの」

「薄情者……」

不貞腐れたように唇を突き出す。

「それで、あっちはどうしたの？」

「龍が代わりに主役になってる」

そっと様子をうかがえば、テーブルの上で奇っ怪なダンスを踊りながら酒をあおっている。周りの男たちは全員ではやし立てて、大盛り上がりだ。

「一番満喫してるんじゃない？」

「そうかも」

朝には柚子を護る的なことを言っていたが、酔っ払いの仲間入りとなった今は役立たずではなかろうか。やはり玲夜の言うように子鬼を連れていた方がよさそうだ。

「あれが尊い霊獣だってんだから世の中どうなってんだか。その点、子鬼ちゃんたちは偉いわね。ちゃんと柚子から離れないいんだから」

「あーい」

「あいあい」

透子に褒められた子鬼たちはぴょんぴょんと跳んで喜びを表す。

「かわいさでもあれより断然勝ってるわね」

龍はとうとう尾で一升瓶を持ち上げて、ラッパ飲みを始めている。『ぐへへへへっ』というなんとも下卑た笑いが柚子たちの元まで聞こえてきた。

「うーん。まあ、長年捕らわれてて自由がなかったから毎日が楽しいんじゃないかな？」

柚子は龍のためにも多少のフォローをしておく。フォローしきれているかは分からないが。

「猫たちはかわいいのに」

「確かにまろとみるくはかわいいよね」

あのもふもふとした生き物に毎日癒されている柚子の顔は自然と綻ぶ。

「まあ、私は犬派だけど」

「こら透子、それは俺への挑戦状か？」

猫派……というか、猫のあやかしである東吉が話の輪に加わる。

「俺は猫又なんだから、お前も猫派になれよ」

「仕方ないじゃない。好みは人それぞれよ」

「……犬は絶対に飼わないからな！」

「あんたも酔ってるの？」

猫又として、犬をかわいがるのは許せないようだ。心が狭い。狭すぎるが、恐らく玲夜も似たようなものだろう。

柚子があまりにもまろとみるくにかまいすぎるとおもしろくないような顔をしていることがあり、そんな時はいつも以上にスキンシップが激しくなる。

なので、玲夜の前では多少控えるようにしている。

玲夜もかわいがればいいと思うが、猫たちにメロメロになっている姿は少し想像がつかない。

それに、まろとみるくをかまうようになったら、今度は柚子の方がまろとみるくに焼きもちを焼いてしまうかもしれないなとも思う。

そんなどうでもいいことを考えていると、柚子のスマホが鳴った。

「誰だろ？」

画面には登録されていない番号が映っており、取るかどうか悩んだ結果、恐る恐る電話に出る。

『柚子様、私は鬼龍院の護衛の者です。すぐにそこから離れてください！』

「へ？　えっ？」

焦ったような相手の声に、柚子はなにがなんだか分からずに戸惑う。

『柚子様、お早く！』

「いや、あの、どういうことなんですか？」

「柚子？」

隣にいる透子が不思議そうに柚子をうかがう。電話口の声が大きくて透子にも微かに聞こえているようだ。

「なにかあったの、柚子？」

「なんか、護衛の人がすぐここから離れろって言うんだけど、訳が分からなくて……」

困惑する柚子に対し、東吉が厳しい顔をする。

「鬼龍院の護衛が突然電話してくるぐらいだ。なにか理由があるんだろう。一度離れるぞ」

そう言って柚子を急かすように東吉は立ち上がった。

「なら、私も。行こう、柚子。なにもなかったら戻ってくればいいんだし」

「う、うん」

柚子は電話の相手に「すぐ家を出ます」と伝えてから電話を切り、ようやく重い腰を上げた。

そして、酔っ払いのアイドルと化していた龍をわしづかんで無理やり連れ出すと、玄関へと向かった。

そんな柚子たちに祖母が気付いて声をかけてきた。

「あら、柚子どうしたの？」

「えっと……」

祖母になんと説明したものか悩んでいると、透子が代わりに代弁する。

「ちょっと私の体調が悪くなっちゃったんです。それで、少し外の空気を吸いにその辺を歩いてこようかと」

「あら、そうなの？　大丈夫？」

「ええ、お酒の匂いに酔っちゃっただけなので」

ニコニコと笑いながら平然と嘘をつく透子には感嘆する。

だが、下手に祖母を心配させずにすむ。護衛から焦ったように電話があったと聞けば確実に心配させてしまう。

透子の機転には感謝だった。

「じゃあ、おばあちゃん。ちょっと行ってくるね」

柚子が内心の焦りを悟らせないように話すと、なにも知らない祖母は心配そうにしながら柚子たちを玄関まで見送った。

「ええ、気を付けてね」

「うん」

玄関を出ると、鬼龍院の護衛らしきスーツの男性が待っていた。

「さっ、こちらに。車を準備しております」

「あ、あの、なにがあったんですか？」

なにも説明されないままでは納得ができない。柚子は先を促す護衛を無視して立ち止まる。

「柚子様のはとこ様についていた者から、彼がこちらに向かっていると報告があったのです」

「はとこって優生のこと？」

「その通りです。玲夜様より、柚子様とは会わせるなと申しつかっておりますのでお呼び立てした次第です」

「なんで優生が……」

いや、優生はよく祖父母の家を訪ねていたと聞いている。そしてこの間の同窓会で会ったことも祖父母に話していた。

祖母は優生を気に入っている様子だったので、優生を呼んでいたとしても別段おかしくない。

しかし、柚子は同窓会での諍い以降、優生と顔を合わせておらず、もちろん今会いたいとも思えない。柚子と鉢合わせさせまいと電話してきてくれた鬼龍院の護衛には感謝せねばならないだろう。

「ごめん、透子、にゃん吉君。せっかく来てもらったのに、私優生とは顔を合わせたくない」

わざわざ来てもらっておいて柚子の事情で帰すのは申し訳なかったが、これぱかりは譲れなかった。

「まあ、あんなことあったならしゃーないわよね。なら、にゃん吉の家で二次会でもしましょうか。あっ、おば様には連絡しとくのよ。ちょっと出かけるとしか言ってないから」

暗い表情の柚子を励ますような、その場の空気を変える透子の明るい声。

透子の気遣いが柚子にはありがたい。

「うん。ありがとう、透子。にゃん吉君もごめんね」

「俺は透子がいいなら問題ない。けれど、そんなに危ない奴なのか？」

護衛の後について、歩きながら話す。

「鬼龍院の護衛もいるんだし、顔を合わせるぐらいは問題ないと思うんだが。はとこだろう？」

「まあ、そうなんだけど……」

この気持ちをどう東吉に説明したらいいか分からない柚子は言葉に詰まった。

代わりに龍が口を開く。

『あれには会わぬ方がよい。絶対にだ』

柚子はなぜ龍がここまで優生を警戒するのか分からない。玲夜ですらかなわない力を持つ霊獣だというのに。

「そこを曲がったところに車を停めております」

そう言って護衛の人が角を曲がろうとした時、柚子の足下をなにかがさっと通り抜けた感覚がした。

「ん？」

反射的に足下を見たがなにもない。気のせいかと視線を前方に戻すと、前を歩いていた護衛に黒いもやがまとわりついていた。

息をのんだ柚子は思わず立ち止まり、透子と東吉も続いて足を止める。

「柚子?」

「どうした?」

不思議そうにするふたり。

すると、黒いもやをまとわりつかせていた護衛の男性が、なんの前触れもなく突然地面に倒れ込んだ。

驚いた三人は、一瞬の硬直の後、我に返って護衛の男性に駆け寄った。

「おい、あんた大丈夫か?」

東吉が護衛の顔の前に手をかざし様子を見ている。

「息はしてる。気絶してるみたいだ」

「はあ? なんで?」

「俺が分かるかよ」

言い合いをしている東吉と透子の横で、柚子は護衛を取りまく黒いもやに釘付けだった。

「ねぇ、見えてる? あのもや」

柚子は腕に巻きつく龍に問いかける。

『ああ。見えておる』

そして、やはり透子と東吉には見えていないようだ。なんの警戒もなく護衛の男性に触れようとする東吉の手に、黒いもやが絡みつこうとしていた。

「にゃん吉君！」

咄嗟《とっさ》に出た柚子の大声に驚いた東吉は、護衛の男性からサッと手を引く。おかげで黒いもやが東吉に触れることはなかった。

「おい、なんだ？」

「どうしたのよ、柚子。急に大きな声を出して」

東吉も透子もびっくりした様子。

「彼にさわらない方がいいかも」

「どうして？」

もやの見えていない透子は不思議そうにする。

「……たぶん、よくないことになる……かも？」

柚子にも分からないのではっきりと断定はできない。

「またなにか見えてるの？」

透子の問いに柚子はこくりと頷く。

透子も東吉も、一龍斎の問題の時に柚子だけが龍を見ることができたのを知っている。

だからきっと今度もそうだと思ったのだろう。ふたりは柚子を疑うことなく、そっと護衛の男性から離れた。

「といっても、彼をこのままにしておけないでしょう。どうする？」

護衛の男性を見下ろして途方に暮れる柚子と透子を前に、東吉がつぶやいた。

「……おかしいな」

「なにがよ、にゃん吉」

「護衛が誰ひとり出てこない」

そう指摘されて柚子もはっとする。

確かに他の護衛の姿が見えない。朝、玲夜は護衛を配置しておくと言っていたではないか。

あの過保護な玲夜が柚子のために準備した護衛が、ここに倒れる男性ひとりのはずがない。他にも複数いるはずで、いるならばこの状況で様子を見に来ないのはおかしい。

そして、きっと透子のために猫田家がつけた護衛だっているだろうに誰ひとり現れない。

急激に不安が押し寄せてきた。

「なにか悪い予感がする。すぐにここから離れるぞ」

「えっ、この人は？」

離れようとする東吉に、思わず柚子は護衛の男性の心配をしてしまう。

「アホか。最優先するのは花嫁だ。こいつは鬼龍院の護衛だろう。こいつも自分よりお前を優先することを願うはずだ。そして、俺が優先するのは透子。なにが起こるか分からないこんなところに透子を置いておけるか。急ぐぞ」

「う、うん」

申し訳ない気持ちで護衛の男性を見下ろす。

「ごめんなさい」

倒れている男性を残していくのは気が引けたが、東吉の言うように優先しなければならないのは柚子自身。

玲夜の命を受けて護衛としてついているなら、その辺りのことは承知しているはず。逆にここに留まることで柚子になにかあった方が、彼は後で玲夜からひどいお叱りを受けてしまうだろう。

後ろ髪を引かれる思いで、そっとその場を離れた。向かうのは、曲がったところに止められているという車だ。

それにしても、気になるのはあの黒いもやのこと。

「ねえ、あのもやはあなたの力でどうにかならないの？」

護衛が倒れたのは、あのもやが原因ではないかと柚子は思った。

あれをなんとかできるならば……。

霊獣の龍ならばその力があるのではと考えたのだ。

なにせ玲夜どころか当主である千夜ですら手を焼いた霊獣なのだから。しかし……。

『我の力ではあれは無理だ。あれからは強い負の力を感じる。神子であったサクのように、祓う力を持った者でなくては対処できぬ。我に祓う力はないのだよ』

「神子……。私じゃあ無理？」

『そうだな。残念ながら柚子はサクほどの祓う力は持っておらぬ』

「そっか……」

自分の無力さがもどかしい。

見えるだけではなんの役にも立たない。結局護ってもらうことしかできないのだ。

「役立たずだなぁ、私」

『そう自分を責めるものではないぞ。誰にも向き不向きというものがある。それに、あれが見えているだけで柚子はすごいのだ。普通は見えないものだからな』

「見えても、なにもできないんじゃあな……」

慰めてくれる龍の言葉はありがたいが、柚子の心を晴らしてはくれない。

「あーい？」

「あい」

なんだか気落ちしている柚子を子鬼がよしよしと撫でてくれるのが救いだ。

「おっ、車ってあれだろ」

「まあ、こんなごくごく一般的な住宅街に黒塗りの高級車なんて普通ないわよね」

そんな話をしている東吉と透子の視線の先には黒塗りの高級車。

柚子たちは護衛の人が倒れたことを伝えるためにも、急いで車へ向かって走った。

「おーい」

「おーい、開けてー」

「あーい」

「あいあい」

反応のない運転席の窓を必死に叩く。

子鬼たちはフロント硝子《がらす》の方からぴょんぴょん跳んで主張するが、運転席に座っている運転手はピクリとも動かない。

「あーい？」

子鬼が不思議そうに首をかしげる。

「にゃん吉、寝てるの？」

じーっと硝子越しに運転手の様子をうかがう東吉に透子が問うと、首を横に振った。

「いや、寝てるのか、さっきの護衛みたいに気絶してるのか分からんが、一応生きてる」

「にゃん吉君、ちょっとどいて」

「お、おう」

柚子が代わりに硝子越しに運転手を観察すると、その体にうっすらともやが見えた。

「この人もだ」

同じように張りついて見ていた龍も険しい顔をする。

「ああ、もう。どうなってんのよ!?」

「怒ってもどうにもならねぇだろ。とりあえずうちの車を呼ぶからちょっと待て」

怒りを爆発させる透子を東吉が抑えている横で、龍は冷静に話す。

『柚子、お主の旦那に電話した方がよい』

「うん、分かった」

柚子がスマホを出して玲夜に電話をかけようと操作していると……。

「柚子」

はっと動きを止めた柚子は、声のした方をゆっくりと見る。

「……優生」

柚子の顔が強張った。

「奇遇だね、柚子。あっ、もしかしておばさんの家のお祝いに行くの？」

優生の表情は、柚子がよく知る人好きのする笑顔で、同窓会の時のことがまるで夢だったかのように話しかけてくる。

フロント硝子にいた子鬼たちは、柚子の肩に飛び乗り警戒を露わにする。

それは龍も同じで、わずかな動きも見逃すまいとじっとにらみつけていた。

「柚子？　反応ないけどどうかしたの？」

中学時代の悪事が判明したにもかかわらず悪びれない優生の反応に柚子はカッとなる。

「どうかしたのじゃないでしょう？　そっちこそどういうつもりなの？」

「どういうつもりって？」

「この車の運転手……それに護衛の人だって。あんなふうにしたのは優生なんじゃないの⁉」

「なんのこと？」

知らぬ存ぜぬを貫く優生に、柚子は頭に血が上り、声を荒げる。

「とぼけないで！　あのもやはあなたが原因でしょう⁉」

するともと、優生は心底驚いたというように目をわずかに見開いた。

「へぇ、あれが見えてるんだ。やっぱり柚子は彼女と同じ魂を持つ者ということかな。ただ、彼女のように祓う力はないようだけど」

優生はそれまでと違う不気味さを感じる笑みを浮かべた。

「なに言ってるの？」

「残念ながら記憶はなしか。まあ、そんなこと関係ない」

ぶつぶつとつぶやいている優生に気味の悪さを感じる柚子はじりじりと後ろに下がる。

それとは反対に透子が前に出た。

「こんのぉ、優生！　あんたどの面下げて柚子の前に顔出してきたのよ」

「やあ、透子もいたのか」

「いたのか、じゃないわよ！　柚子を悲しませるようなことして、ただじゃおかな……っっ」

優生の胸倉を掴まん勢いで近付いた透子を、優生はなんのためらいもなく振り払った。

あまりに突然のことで声もなく地面に倒れ込んだ透子に、柚子は息をのみ、東吉が慌てて駆け寄る。

「透子！」

「いてて……」

「怪我は？」

「ちょっと擦りむいただけ。……とに、なにすんのよ、優生!?」

地面に座り込んだまま優生をぎろりとにらみつける透子と、透子を庇《かば》うように抱き寄せる東吉。

「俺と柚子の邪魔をする者は誰だろうと許さないよ」

そう口にする優生の目はひどく冷たく、思わず透子が勢いをなくしてしまうほどだった。

優生は柚子に目を向けると、ころりと表情を変えた。先ほどまでの背筋を凍らせるような眼差しから、爽やかな好青年のような笑顔に。

とても同じ人物とは思えないその変わりようが、逆に怖さを強くさせる。

「柚子、俺のところにおいで」

「なにを言ってるの？」

「君に鬼など相応しくない。あんな醜悪な存在は淘汰《とうた》されるべきだ。同じ空気を吸うのも虫唾が走る。君には俺こそが相応しい」

まるで自分の言葉に陶酔するかのように語る優生は、右手を柚子に差し出す。

「ほら、その指につけている忌々しいものを捨てて、こっちに来るんだ」

柚子は左手の指にはまる指輪を見た。

玲夜がその霊力を込めて時間をかけて作った指輪。

それは柚子への深い玲夜の想いが詰まっている。そんな大事なものを柚子が自分から外すことなどあり得ない。

「馬鹿言わないで。私は玲夜が好きなの。玲夜以外を選ぶことなんてない。その手を取ったりなんかしない！」

指輪をした左手を右手で握りしめて、柚子は強い眼差しで優生を見る。

優生はやれやれというように息を吐いた。

「後悔するよ」

「しない。私には玲夜が必要だもの」

「そのために他の誰かが傷ついたとしても同じことが言えるのかな？」

「……どういうこと？」

不敵に笑う優生を前に、不安が押し寄せる。

優生は一瞬視線を透子に向けた。

「透子、最近体調が悪いんだってね？」

「どうしてそれを……」

柚子は訝《いぶか》しむ。

「柚子、これは警告だ。早く鬼とは手を切るんだ。君がいるべき場所はそこじゃない。俺と共にあることこそが君に決められた運命なんだよ」

優しく、まるで恋人に睦言を囁くような優生の声に、柚子は言葉が喉元でつっかえる。

「……っ」

本当は言い返したいのに、なんとも言えない不安が胸の中に渦巻く。

もし拒否したらどうなるのだろうか。そんな恐れが柚子を動けなくさせた。

身動きが取れなくなった柚子に代わり、龍が本来の姿に戻る。

『ほざくな小僧！　柚子には愛し愛される存在がいる。その者と共にいることこそが柚子の幸せ。そこにお前の居場所はない！』

グウゥゥと喉を鳴らすように威嚇する龍に、優生は変わらぬ笑みを浮かべる。

「サクの腰巾着か。せっかく引き離したのに、舞い戻ってくるとは。いっそあの時に消しておくべきだったかな」

ニィと口角を上げる優生に、龍は怒りを露わにする。

『そのせいでサクがどんな目に遭ったか知っての言葉か⁉』

「仕方ないことだ。俺を選ばないから。柚子はそんな愚かなことはしないよね？」

視線を向けられた柚子はびくりと体を震わせる。

先ほどから優生の言動には引っかかることが多々ある。柚子では理解できないことも口にしていて、戸惑いの方が大きい。

「さあ、柚子、おいで。君は俺のそばにいるんだ」

「嫌よ。私は玲夜のそばにいるから」

分からないことが多いけれど、その想いだけは変えられることのない確かなものだ。

きっぱりと断られた優生は残念そうにため息をつく。

「柚子がそこまで愚かだとはね。まあ、いい。今日はこれで退散しよう」

そう言って柚子の横を通り過ぎる。

「ただし、それなりの覚悟はしておくことだ。じゃあね、柚子。……それに透子も、体には気を付けて」

ヒラヒラと手を振って優生は行ってしまった。

残された柚子たちが呆然《ぼうぜん》と動けずにいると、車の中にいた運転手が目を覚ます。はっとしたように周囲をきょろきょろして、柚子たちの存在に気が付くと慌てて車から出てきた。

「柚子様！　も、申し訳ありません。いつの間にか寝ていたようで……」

護衛中に寝るなど本来ならあり得ない。恐縮する運転手の体には、先ほど見たもやは微かにも存在していなかった。

すぐ後、角から先ほど突然倒れた護衛の男性が走ってくるのを視界にとらえた。彼にも、もうもやはまとわりついていない。

あれがなにか分からないが、優生が原因だという確信が持てた。でなければこんなにもタイミングがいいはずがない。

それから少し間を置いて、続々と玲夜がつけただろう護衛たちが姿を現した。

誰もが申し訳なさそうに平身低頭し通しで、それは猫田家の護衛も同じだった。

お互いに遭ったことを話し合うと、護衛たちの方は全員気を失っていたのだという。

誰もが表情を暗くする中、特に鬼たちの顔色がすこぶる悪い。

「俺ら玲夜様に殺されるかな……？」

「いや、せめて半殺し……」

「ああ～。俺は新婚なのに妻を残していくのかぁ!?」

「玲夜様より千夜様だ。このことをお知りになったら……」

すると、ひとりが頭を抱えて叫びだす。

「うあああ～。千夜様のお仕置きは嫌だぁ」

ちょっと、いやかなり動揺しているのが分かる。

「えっと……結局私はなにもされてないから黙っててもいいですよ？」

好意からの提案だったが、そこはプロ。断固として首を縦には振らなかった。

そして、誰が玲夜に報告するかのなすりつけ合いが始まったかと思うと、あみだくじが始まり、当選してしまったひとりが死地に赴くかのごとくの表情で電話をする。

相手は玲夜なのだろう。だが、柚子はどんな会話がなされたか聞かないまま、車に乗る。猫田家で透子と東吉を降ろしてから、玲夜の屋敷へと戻った。

その間、龍は怖い顔で無言のままだった。

5
章

玲夜は、高道と桜子の結婚披露宴に出席していた。

高級ホテルの大広間を借りて行われた披露宴には政界・経済界の大物が多数出席していた。

鬼龍院の筆頭分家である鬼山と古くから当主の側近を務める荒鬼の結婚だ。付き合いも広く、呼ばねばならない者はかなりおり、これでも厳選した方なのだとか。

きっと鬼龍院の当主である玲夜と柚子の結婚式はこれ以上の規模になるだろうと考え、玲夜はげんなりとした気持ちになってくる。

柚子が本当の意味で花嫁となるのだけが救いだ。

その柚子を妻にできるのならば、玲夜はどんな苦難にも立ち向かえるだろう。さらし者になるようで本当はとんでもなく嫌だけれど。

しかし、柚子の結婚衣装姿を見られると思えば一度でなく二度三度挙げてもいい気がしてくるから不思議である。

そんなふうに柚子のことを考えていると、自然とポケットに入れていたスマホの確認をしてしまう。

柚子は祖父母の家で、結界も張ってある。護衛には鬼龍院でも指折りの者をつけた。心配をする必要など欠片もないはずなのに、胸に渦巻く不安が消えない。

ただの取り越し苦労ならばいいのだけれど……。

「玲夜君、顔、顔」

向かいに座る千夜が眉間を指差す。

「そんなに眉間に皺を寄せてたら駄目だよぉ。おめでたい席なんだから」

「分かってます」

千夜に指摘されて、少し表情を和らげた。しかしあくまで〝少し〟である。

「もう、また柚子ちゃんの心配でもしていたんでしょう」

「当然でしょう」

恥ずかしげもなく平然と言ってのけるのが素晴らしいほどに潔い。

「んふふ～。柚子ちゃんにメロメロだねぇ、玲夜君は。だけど、だからこそ気を抜いたら駄目だよ。今は……」

予想外に真剣な表情をした千夜に、玲夜は目を見張る。

「なにかあるんですか？」

「柚子ちゃんのはとこ君の話は聞いているね？」

「はい」

いつも人をおちょくっているように笑顔な千夜が真面目な顔をしているため、玲夜も自然と顔を引きしめる。

「気を付けるんだ。かなり危険な人物だから。人間と思って油断してはいけないよ」

「……父さんはなにを知っているんですか？」

「ん～、玲夜君の知らないことかなぁ」

千夜は急にいつものへらりとした笑みに変わる。

「父さん」

とても父親に向けるものではない眼光を投げつける玲夜。

「怖いよぉ、玲夜君～」

怯えるような動きをするが、この程度で本気で怯えるような柔な精神をしていないことは玲夜がよく分かっている。

「だったらちゃんと話してください」

「それがぁ、話しちゃ駄目って言われてるんだよねぇ」

「誰にですか？」

「龍と猫ちゃんたちにかな？」

玲夜はその組み合わせを不思議に思う。

千夜が玲夜の屋敷に来ることはあるが、同窓会ではとこの存在が危険分子として認識されて以降はなかったはずだ。

ならばどこで龍や猫と話をしたのか。

それを問いただしたところで、のらりくらりとかわされるのは目に見えていた。未だに、この父親には勝てる気がしないのだ。

玲夜は聞くことを早々にあきらめた。いずれにしろ屋敷に帰れば子鬼たちから知ることもできるだろうと考えて。

そして宴もたけなわとなった頃、マナーモードにしていた玲夜のスマホが震えた。

席を立ち上がり、広間の外に出た玲夜に電話をしてきたのは柚子につけた護衛からだった。

「どうした？」

護衛から説明を受けた玲夜は、すぐにでも駆けつけたかった。しかし、鬼龍院の次期当主として冷静になれと言う自分がいた。

腹心の分家同士の結婚という重要な披露宴の最中に自分が抜け出せば、なにかがあったと周囲に教えているようなものだ。

これが一族だけのパーティーだったのならなにを置いても駆け出していたが、玲夜には責任がある。

その責任が玲夜の足をその場に留めさせていた。

「くそっ」

自分自身に悪態をついてから、護衛には「帰るまで十分用心しろ」と告げて電話を切った。

そして、玲夜は何事もなかったかのように元の席に戻った。

しかし、取り繕った顔はすぐに千夜に見破られる。

「なにがあったんだい？」

「……柚子がはとこと接触しました」

「おかしいねぇ。はとこ君には監視をつけていたはずだろう？」

優生の監視のための人員を補強したのは他でもない千夜だ。おかげで柚子の護衛を十分に確保できた。

しかし、それも意味をなさなかったようだ。

「はとこと柚子が接触しそうになったのを察知して、すぐに柚子を移動させようとしたのですが、全員気を失っていたと」

さすがの千夜も驚いて目を丸くする。

「全員って柚子ちゃんにつけていた護衛全員？」

「はい」

「結構な数を動員していたよね？」

「ええ。父さんにやりすぎだとあきれられる程度に。しかし、その全員が役に立たない状態になったようです。結果、柚子とはとこが接触したと事後報告がありました」

今にもテーブルを叩き割りそうな怒りを押し殺して平静を装う。

「さすがにそれは予想外だよぉ。鬼を戦闘不能にするなんて、あの子たちはそんなことまで言ってなかったんだけどなぁ。あっ、でも力が変質しているとも話していたような。そのせいかな？」

うーんと腕を組んで唸る千夜に、玲夜が詰め寄る。

「あの子とは龍のことですか？　力の変質とはなんです？　なにを知っているんですか!?」

誰よりも柚子のことを熟知していたい玲夜としては柚子について知らないことがあるなど許されざる事態だ。

「駄目だって。その辺りのことは内緒なの。あっ、でも力のことはいいのか。そこは釘を刺されてないし」

ひとり納得する千夜は玲夜に顔を近付け声を潜めた。

「どうやら、はとこ君はかなりの霊力を持ってるらしいんだ」

「一龍斎の血を引いているからですか？」

柚子も神子の力を持つのだから不思議なことではないと、あまり重く受け止めなかった玲夜に千夜は続ける。

「ちょっと違うけど、似たようなものかな。で、龍が言うには、その力はとても強い上に邪悪な感じに変質しちゃってるんだって。あの龍の力でも大変だって言ってたから、普通の鬼じゃ手に余るのかもね」

「しかし、人間でしょう？」

「そうだねぇ。けれど、霊獣であるあの龍を封じたのもまた人間だ」

確かにその通りなので一瞬言葉に詰まったが、今は現代だ。

「けれど、それはまだ人間が強い霊力を持っていた大昔の話で……」

「そんな人間が今の時代にいないとどうして言えるんだい？」

玲夜は今度こそ反論の言葉を失った。

「さっきも言ったようにくれぐれも気を付けるんだ。はとこ君はただの人間ではない。ひどく柚子ちゃんに執着している。このままだと初代の花嫁のようなことになりかねないよ」

愛する夫から引き離された初代の花嫁。

それにより寿命を縮めてしまった憐《あわ》れな花嫁。

そんな花嫁と同じようなことが柚子にも……。

そう考えただけで血が煮えたぎるような怒りを感じる。

「ほらほら、玲夜君抑えて。ここはおめでたい宴の席だよ」

ブチ切れ寸前の玲夜を、のんびりとした千夜の声が引き戻す。

「披露宴が終わったらすぐにお帰り。後のことは僕がなんとかしておくから」

「はい。ありがとうございます」

披露宴が終わると、玲夜は素早く屋敷へと戻った。

主役である高道と桜子にはほんの少し罪悪感を抱きつつも、柚子至上主義の玲夜は後のことを千夜に任せて帰ってくると、一目散に柚子の部屋へ向かった。

柚子の身にはなにもなかったと護衛から聞いていたが、それでも無事な姿を見なければ安心ができない。

「柚子！」

勢いよく柚子の部屋の扉を開けた玲夜は、次の瞬間自分めがけて飛んできた丸いクッションを受け止める。

一瞬、柚子の顔が頭をよぎったが、柚子が玲夜にこんなことをするはずがない。

案の定、玲夜にクッションを投げてよこしたのは龍だ。ぎろりと玲夜をにらみつけている。

『騒ぐでない。やっと寝たところなのだ』

声を潜める龍のそばでは、ベッドに眠る柚子の姿があった。

柚子の無事な姿に安堵したこともあり、今度は静かに部屋の扉を閉めて彼女のそばに近付いた。

そっと柚子の顔を覗き込む。よく寝ているようだ。

穏やかな寝顔を見ることでようやく肩の力が抜けた気がした。

続いて龍に視線を向ける。

「なにがあった？」

声を潜め、柚子を起こさない大きさで問いただす。

護衛から少し話は聞いているものの、全員が全員気を失っていたので詳しいことは分からないのだ。

「あーい」

子鬼が玲夜の膝の上に乗り、玲夜は彼らの頭に手を置いた。

同時に流れてくる子鬼の情報。

玲夜の作った使役獣だからこそ、玲夜は子鬼が見聞きしたものを共有することができる。

しかし、はとこである優生の柚子への執着心しか見えてこない。時々交わされる柚子と龍、そして優生の言葉は、子鬼を通してだけでは理解できなかった。

玲夜はもう一度龍に問う。

「なにがあったんだ？」

『………………』

龍は無言でいる。話すかどうか迷っているようにも見えた。

「父さんも優生を警戒していた。俺とは違う理由でのようだ」

玲夜は柚子に近付く害虫として警戒していたが、千夜は優生が人には過ぎたる力を持っていることを知っていたようだった。

いや、玲夜も少しは知っていた。同窓会での邂逅で、子鬼の攻撃をものともしなかったのを子鬼を通して見たのだから。

けれど、今回のように多くの鬼が戦闘不能状態にさせられるとは欠片ほども予想だにしなかった。

それが分かっていたのは、目の前にいる龍だけのように感じた。

「お前はなにを、どこまで知っている？」

『…………』

相変わらず龍は答えない。

それが玲夜をイラつかせた。

「答えろ！」

龍は眠る柚子をじっと見つめた後、玲夜にどこまでも澄んだ真っ直ぐな眼差しを向けた。

『……あそこまでとは思わなかったのだ。柚子のように今は力が衰えておるだろうと。それならば我でもなんとかなるかと安易に考えておった。けれど、奴は力を歪めてしまったようだ。あやつの心そのもののように』

「言っている意味が分からない」

玲夜は眉間に皺を寄せ、龍は力ない笑みを浮かべる。

『だろうな』

「優生というのは何者だ？」

『そうだな。……あえて言うなら、前に進めぬ過去の残滓《ざんし》、というところか』

「先ほどからなんのことか俺には分からない。もっと分かるように言え」

決定的な言葉を口にしない龍に、玲夜のイライラは募る。

しかし、玲夜の苛立ちを分かっていてもなお、龍は『教えられぬ』と首を横に振った。

「っ！　柚子になにかあったらどうする!?」

『声を抑えろ。柚子が起きるではないか』

歯噛みする玲夜を見て、龍はやれやれという笑みを浮かべる。

『若いな、お前はまだ。父親のようになるにはもう少し時間が必要か』

「それは今は関係のないことだ」

千夜と比べられて、玲夜が静かに怒る。

『関係ないとも限らぬ。いざという時に冷静さを欠けば、結果的に柚子が傷つくかもしれぬだろう』

「そんなことはさせない」

『口ではなんとでも言える。それを実行するにはお前では力不足だ。今回の件に関しては特にな』

「……いったいなにが起きているんだ？　教えてくれ」

柚子の身に起きていること、そしてこれから起こる事態を知らぬままではいられない。

玲夜にとっては代えがたい大事な花嫁なのだから。

『この件はお前の手に負えない。いや、我でも難しい。ただの人が持つ霊力だったならなんとかなったが、あそこまで変質してしまえば、サクほどの祓う力を持った者でなくては。そんな者が今の世に存在するのかどうか……』

龍はあまり期待できないという様子。

「それほどに、優生という人間は危険というのか？」

『そうだ。下手に手を出そうとするでないぞ。そんなことをしてお前になにかあっては柚子が悲しむ』

「ならば俺はなにをしたらいい？」

『お前にできることなど……』

言葉を終える前に龍ははっとする。そして少しの間考え込んだかと思うと、先ほどとは違うあきらめを感じさせない顔で玲夜を見上げた。

『お前、陰陽師に知り合いはおるか？』

「陰陽師だと？」

『そうだ。大昔と違い、今は陰陽師との仲は険悪ではなかろう。表面上は』

「ああ」

龍の言うように、昔は敵味方の関係であったあやかしと陰陽師も、今の時代では共存している。

『陰陽師とて祓う力を持つ者だ。昔ほどの霊力を持つ者はおらぬだろうが、少しは役に立つやもしれぬ。あやつの力を祓うことができるやも』

すると、まろとみるくまで同意するように鳴き声をあげた。

「アオーン」

「ニャーン」

そして、三匹の目が玲夜をうかがう。

『そうだ。陰陽師を連れてくればいいのか？』

『そうだ。雑魚ではないぞ。とびっきり力の強い陰陽師を探してくれ』

「分かった。すぐに手配する」

今や敵対関係にないとはいえ、友好関係にあるというわけでもなかった。

つかず離れずの関係。

そんな陰陽師の協力を得るのは簡単なことではないと分かっていたが、柚子のためになるなら玲夜に迷いはない。

必要ならば矜持《きょうじ》だって捨てて頭を下げ縋《すが》りついてみせる。

玲夜はそれぐらいの意気込みで陰陽師に接触を図らんと動きだした。

＊＊＊

――花が舞う。桜の花びらが視界を埋め尽くすように。

物言わぬ桜の木は静かにそこに立っていた。

『……きて』

『ここに……て』

桜の木の下から声が聞こえる。

前も聞いた女性の声。

けれど、やはりなにを言っているのか分からない。

教えてほしい。

なにを言っているのか。

なにを伝えようとしているのか。

けれど、それを聞くことなく夢は終わる――。


柚子はゆっくりと目を開いた。

「またあの夢……」

やはり意味のあるものなのだろうか。

柚子には判別がつかない。けれど、なにか意味があるのかもしれない。

なにかを一生懸命に伝えようとしているような、そんな気がする。

けれど、それがなんなのかは今のところ見当もつかない。

「行ってみようか……」

あの桜の木の元へ。

そうすればなにか分かるかもしれない。

考え込んでいる柚子の頬に手が伸びてくる。一瞬びくりと反応してしまったが、その手の主が玲夜だと分かりすぐに緊張は解けた。

「玲夜」

寝起きのぼんやりとした頭でほわりと笑う。

柚子が笑えば玲夜も返してくれることを柚子はよく分かっていた。

「おはよう、柚子」

そう言って微笑み、柚子の額にキスを落とす。

「ねえ、玲夜」

「なんだ？」

「護衛の人たちを怒らないであげてね。護衛の人たちがすぐに来なかったのはきっと彼らのせいじゃないから」

彼らにもどうしようもならなかったことで怒られるのは不憫《ふびん》だった。

「柚子はどうしてあんなことになったか分かっているのか？」

「詳しいことは分かんない。けど、優生のせいだと思う」

「どうして言い切れる？」

玲夜は柚子が断言したことが疑問のよう。

「黒いもやが見えたの」

「もや？」

「そう。私と龍にしか見えないもや。あれは普通の人には見えないものなんだって。私に祓う力があったらよかったんだけど、残念ながら私にはそこまでの力はないらしいから」

「龍がそう言ったのか？」

「うん」

柚子はゆっくりと身を起こして、玲夜に抱きついた。

「優生からあのもやが出ていて、倒れた護衛の人たちにもまとわりついてた。護衛の人たちが倒れたのはそのせいだと思う。なんだかとてもよくないものを感じたの。原因が優生だっていうのが、まだ信じられないんだけど……」

「同級生だったのだろう。これまでに似たようなことはなかったのか？」

「ううん、なかった。だから、今の優生が別人のような気がしてならないの。二重人格？とはちょっと違うけど、なんていうのかな、違和感みたいなのがあって……」

同窓会の時は優生の裏の顔に驚きが大きすぎて気付かなかったが、再び会ってみてなにか小さな引っかかりがあった。

これとはっきりと説明できるものではない。けれど、以前の優生とはどこか違う。

「自分でもよく分からないんだけど」

まるで深く沈んでいた嫌な部分が表面に出てきたかのような感覚なのだが、言葉にするにはなにかが足りない。

「うーん……。どう言ったらいいかな。優生であって優生でない、みたいな？」

柚子自身もよく分かっていないので断言はできない。

「ごめんなさい」

「どうして謝る？」

「当事者なのに私はなにもできてないから」

「気にすることはない」

玲夜の声は優しく、それが余計に申し訳なさを感じる。

「だって、たくさん迷惑かけてるのに」

「そんなこと思ってない」

「でも、護衛の人たちには迷惑だった」

「護衛は護衛するのが仕事だ。今回はそれを怠ったのだから、むしろ謝るべきは護衛の方だ」

わずかに玲夜の眼差しが厳しく光ったような気がして、護衛の人たちのためにもフォローしておく。

「……あんまり怒らないであげてね？」

「……善処する」

少しの間が気になったが、多少はましになるだろう。

駆けつけてきた護衛たちの、玲夜への怯えた様子を思い出し、少しは役に立てたかと感じる。

駄目押しとばかりに、玲夜にそっと唇を寄せた。

「お願いね」

玲夜は柚子のお願いには弱いので、きっと大きな罰が与えられることはないだろう。

「柚子は俺の扱い方を分かってきたな」

苦笑を浮かべた玲夜は、今度は激しく唇を合わせてきた。

柚子もこの時だけは優生のこともなにもかも忘れ、玲夜に酔わされていった。


それは突然のことだった。

優生のことがありつつも、柚子ではどうすることもできず、いつも通りの生活を送るしかなかった。

いつも通り朝起きて、いつも通り朝食を取って、いつも通り大学へ行こうと準備をしていた時、柚子のスマホが鳴った。

誰かと見てみれば、画面に東吉の文字が。

「にゃん吉君？」

透子からなら分かるが、東吉からの電話など珍しいなと思いながら電話に出る。

「もしもし、にゃん吉君？」

『朝から悪いな』

東吉の声はどこか沈んでいた。元気がないと言ったらいいだろうか。

「それは別にいいけど、どうかしたの？」

『…………』

返事がなく不思議に思う柚子に、東吉の震えるような声が届く。

『透子が入院した』

「えっ、入院!?」

一瞬理解できなかった。

なにせいつも元気いっぱいの透子だ。まだ東吉が入院したと聞いた方が現実味がある。

「どうして!?」

『分からない。前々から体調が悪そうだったけど、本人はたいしたことないって言ってて。それなのに昨日の夜に急変して倒れたんだ。すぐに病院に連れていったが原因が分からない』

透子が最近体調が悪いことは柚子も知っている。だが入院するまでになるなど予想もしていない。東吉から説明を受けている今ですら信じられなかった。

「今はどうしてるの？」

『まだ意識は戻ってなくて、今精密検査をしているところだ』

「にゃん吉君、今どこ!?」

病院の場所を聞いた柚子は大学ではなく、透子の元へと車を走らせた。

駆けつけた病院の待合室では、東吉が背を丸くし顔を俯かせて、ただただ静かに椅子に座っていた。

「にゃん吉君」

ゆっくりと上げたその顔はひどく焦燥しており、東吉の落ち込みようが手に取るように分かった。

「透子は？」

「まだ検査だ。少し長引いてる」

声に元気がない。透子をなにより大切にしている東吉だ。無理もないことだった。

「急に倒れたって？　透子、前からしんどいとかめまいするとか体調が悪そうだったけどそのせい？」

「分からない。一応病院には行っていたが、医者からは風邪だろうと言われていたから安心してたんだ。それなのに……。急に、なんの前触れもなく倒れて。呼びかけても意識もなくて……」

「あーい」

「あい……」

子鬼も心配そうに東吉の膝に乗る。

あまりの落ち込みように、子鬼もどう慰めたものか分からないようだ。

「透子になにかあったら……」

そう言って頭を抱える東吉。

柚子はかける言葉を見つけ出せないでいた。

透子なら大丈夫だという言葉が喉まで出かかって止まった。

医者でもない柚子の、なんの根拠もない大丈夫という言葉など意味はない。東吉が欲しいのは確実な透子の身の安全だ。

なにも言葉を交わさないまま、静かに時間だけが過ぎていく。

時計の針が進むたびに嫌な思いがよぎり、心の中で否定するということを繰り返す。

柚子ですらこんなに不安なのだ。誰より透子が一番である東吉の心は推して知るべしだった。

「猫田さん」

看護師に名を呼ばれ、ふたりははっと顔を上げる。

「ご説明を。中にお入りください」

「はい」

東吉は緊張した面持ちで部屋の中に向かう。

他人である柚子が入ることはできない。

するとと、東吉が振り返った。

「柚子、お前は今日大学があるだろう。気にせず行ってこい」

「こんな状況で勉強しても頭に入ってこないよ」

「それもそうだな」

弱々しく笑みを浮かべて東吉は話を聞くべく部屋に入っていった。

数十分が経った後、東吉が部屋から出てきた。

その表情は優れず、いい結果ではないとすぐに察せられた。

「にゃん吉君？」

「原因は分からないとさ」

どこか投げやりに感じる言葉。

「分からないって……」

「ありとあらゆる検査をしたが、どこも悪いところが見つからなかったって。……じゃあ、なんで目を覚まさないんだよっ！」

ダンッと、東吉が壁を叩く。

「にゃん吉君……」

「あーい……」

「……悪いな」

東吉はすぐに冷静さを取り戻した。

「ううん。それよりも透子は今どこに？」

「検査が終わって病室に運ばれてったみたいだ。これから様子を見に行くけど、柚子も行くか？」

「もちろん」

ここまできて透子に会わないという選択肢はない。

透子が入院しているのは病院の中でも特別室と呼ばれる個室だ。普通の個室よりも広く、まるでホテルの一室のよう。

簡易ベッドが運ばれており、きっと東吉が泊まり込みで看病するつもりなのだろう。いかに東吉が透子を心配しているかがうかがえる。

「透子、柚子が来てくれたぞ」

まるで透子が起きているかのように話しかける東吉だが、透子の目はしっかりと閉じられていてなんの反応もない。

「透子、なにしてるんだよ。もう朝はとっくに過ぎたぞ。とっとと起きろよ……」

透子の手を両手で握り懇願する東吉は、見ていられないほどつらそうだ。

「透子……」

柚子も東吉の反対側から透子の横に立つ。瞼《まぶた》の閉じられた透子の寝顔を見た柚子は息をのんだ。

「な、なんでこれが透子にっ！」

柚子は透子にかけられていた布団を剥ぎ取るように取り払った。

「おい、柚子!?」

東吉が驚いたように大きな声をあげるが、柚子はそれどころではない。透子の首と胴体に黒いもやが絡みついていたのだ。

「黒いもやが」

「もや？　なに言ってんだ？」

東吉は訝しげに柚子を見る。

「この間、護衛の人が急に意識を失ったでしょう？」

「あ、ああ」

「その時と同じ黒いもやが透子のことここに見える」

柚子は首と胴体を指差して説明するが、やはり東吉には見えていないようだ。

「俺には見えねえよ。つまりなんだ？　透子がこんなふうになってるのはそのもやが原因ってことか？」

「分かんない。分かんないけど、このもやが無関係なはずがない。前と同じでよくない感じがする。あなたにも見えてるよね？」

柚子は龍に問いかける。

『見えておる。確かにこれはこの前と同じものだ』

「じゃあ、そのもやをなんとかすればいいんだな？　どうしたらいいんだ⁉」

光明を見出した東吉は身を乗り出して問う。

だが、その答えを柚子は知らない。

残酷な宣告を柚子の代わりに龍がしてくれた。

『できぬ』

「は？　できぬってどういうことだよ？」

東吉が激しく問い返す。

『このもやは強い負の力を持つ。これは祓う力を持った者にしか取り除くことができぬ。それもかなり強い祓う力を持った者でなくては』

「どこにいる？」

龍は苦々しい顔でそれを口にした。

『……おらぬ。初代花嫁ほどの神子の力を持った者など、今の時代ではそうそう見つかるものではない』

それは最終宣告に近いものだった。

「だったら……透子はどうなるんだ？」

『このままでは衰弱して死に至る』

柚子は悲鳴を押し殺すように口を押さえた。

東吉は絶望の色をその顔に宿す。

「な……死ぬ？　透子が？」

なんの冗談だ……と呆然とつぶやき、東吉は髪をくしゃりと握りしめた。

『柚子、そなたの旦那に連絡を入れるのだ』

「えっ、玲夜に？」

『そうだ。祓う力を持つのはなにも神子だけではない。今、あやつが陰陽師を探しておるはずだ。運がよければ、すでにこれを祓えるだけの強い力を持った陰陽師を見つけておるかもしれん』

東吉は少しの期待を持った目を柚子に向ける。

「すぐに連絡してくる！」

病院の外に出た柚子は急ぎ玲夜に連絡を入れた。

玲夜はすぐに動いてくれ、その日のうちに陰陽師を数人連れてやってきた。

陰陽師だという数人の男女は、透子を見て息をのむ。

「これは……」

「これほど邪悪な気配は初めて感じるわ」

「マズいな」

一様に困惑した表情を浮かべる陰陽師たちに、柚子は不安になる。

その隣にいる玲夜と龍が話をしている。

『あれらが力のある陰陽師か？』

「急だったからな。協力を得られた中で特に霊力のある者を厳選してきた。どうだ？」

『あれらでは無理であろうな。力が足りぬ』

「そんなっ」

耳に入ってきた言葉は柚子を絶望させるものだった。そして龍の予想通り……。

しばらく柚子には分からない呪文や儀式のようなものをしていたが、もやが取り払われることはなく、逆に陰陽師たちの方が力尽きその場に膝をついてしまった。

息を切らし、額に汗を浮かばせる陰陽師たちを見て、彼らでは無理なのだと悟る。

『やはり難しかったようだな』

龍は険しい顔をし、玲夜は舌打ちした。

「これ以上となると時間がかかる。どれぐらい保つ？」

『長くは保たぬだろうな』

そんなふたりの会話は部屋にいる東吉にも聞こえていたはずだ。

柚子はなにも反応しない東吉をうかがってから、気を使うように問う。

「他になにかないの？　祓う以外のなにか方法は？」

『柚子、気持ちは分かるがそれは無理というものだ。あるいは、これを行った者が取り払うなら話は別だが……』

「これをしたのって優生のこと？」

『だが、言う通りには動かぬだろうよ。言葉で解決できるなら、そもそもこんなことせぬだろう』

確かにその通りだ。

柚子の脳裏に優生の言葉がよみがえる。

『後悔するよ』

『そのために他の誰かが傷ついたとしても同じことが言えるのかな？』

あれはこういう意味だったのか。柚子の中に激しい怒りが渦巻く。そして、柚子は決めた。

「……私、優生に会ってくる」

それしか方法が見つからない。しかし、当然のごとく玲夜と龍は反対する。

「駄目だ」

『我も同じ意見だ。奴に自分から近付くなど危険すぎる。そもそも、それが奴の狙いなのだろうからな』

「けど、このままじゃ透子が死んじゃう！　そんなの嫌よ！」

柚子は玲夜の前に立ち、じっと目を合わせる。

「玲夜、行かせて」

柚子は並々ならぬ決意を目に宿して玲夜から視線をそらさない。

玲夜は柚子の真剣な眼差しを受け止め、少し迷ったように瞳を揺らしたが、最後には頷いたのだった。

「ただし、俺も一緒に行くことが条件だ」

「分かった」

柚子もひとりで行くつもりなどはない。玲夜が一緒に来てくれるというならこれほど安心なことはなかった。

柚子は東吉の前に立つ。

彼の手はぎゅっと握りしめられており、爪が皮膚を傷つけていた。柚子はその手をそっと外す。

「にゃん吉君、私行ってくるから。絶対に透子は助ける」

「柚子……」

「だから、にゃん吉君は透子のそばにいてあげて」

東吉は一瞬泣きそうな表情を浮かべ、柚子の肩に額を押しつける。

「頼む……」

胸が痛くなるほどの懇願を柚子は耳の奥に刻み込み、玲夜と共に優生の元へ向かった。


優生には玲夜がつけた監視が常時ついていたので、すぐに居場所は分かった。大学へ行っているようだ。

柚子は車を走らせ、優生の大学の門前で出てくるのを待った。

しばらくすると、優生が姿を見せた。

柚子は急いで車から飛び出し、優生の前へ歩み出る。

「優生……」

「あれ、柚子どうしたの？」

ニコリと笑う優生は、とても普通の様子で、透子が眠り続ける原因である人間には見えなかった。

けれど、間違いないのだ。柚子には分かる。あのもやの元凶が誰かを。

「話があるの」

緒である。

「場所を移そうか」

なにも聞かずそう提案する。

優生は分かっているのだ。柚子が自分の元に来た理由を。

さっさと歩きだした優生の後を柚子もついていく。もちろん、玲夜も龍も子鬼も一緒である。

優生についてやってきたのは、人気《ひとけ》のない公園だ。

そこで柚子は優生と向かい合う。

「それで、話ってなに？」

「聞かなくても分かってるんでしょう？　透子からあのもやを取り除いて」

素直に言うことを聞くとは誰も思っていない。案の定。

「いいよ。柚子が俺のものになるなら」

などとのたまった。

玲夜の眉間に皺が深く刻まれる。

柚子も、ここにきてくだらない要求を口にする優生には苛立ちが隠せない。

「馬鹿なこと言わないで！」

「俺は本気だよ」

言葉通り優生の目に冗談はいっさいなく、柚子は思わず怯《ひる》む。

「……無理よ。私には玲夜がいるもの」

「ふーん。じゃあ、柚子は親友の命より男を取るんだ？」

「命って……」

「このままじゃ透子は死ぬよ？」

断言されて柚子は心臓が締めつけられるようだった。

顔を強張らせる柚子と違い、優生はとても人の命がかかっているとは思えない無邪気な表情をしている。

透子の命をまるで軽いもののように感じている優生への憤りが噴き出す。

「分かってるなら、透子を解放して」

「だ、か、ら、柚子が俺のものになるなら助けてあげるって。祓えなかったんだろう？　それでここに来た。祓う以外で透子を助けることができるのは、あれを操る俺だけだからね」

図星を指されて柚子は反論の言葉も出てこなかった。

「あー、でも、もうひとつあるよ。透子を助ける方法」

「なに？」

「俺を殺せばいいのさ」

それを聞いた柚子は顔を強張らせた。

「どうする？　俺を殺してみる？　そうしたら、親友も男も柚子は手に入り一石二鳥だ。どうだい？」

「そんなの、できるはずないじゃない……」

「甘い柚子には無理だよね。ならさ、選ぶしかないんじゃないかな、どちらかを。当然、優しい柚子は親友を見捨てたりしないよね？」

優生の吐く毒が柚子を浸食していく。

「早くしないと透子が死んじゃうよ。いいの？」

「……っ」

柚子は唇を噛む。

優生の思い通りになってしまう現状が悔しい。自分の力のなさが憎い。

他に方法はないのか。

人を殺すなんて選択はできない。けれど、玲夜から離れるなんて死んでも嫌だ。

しかし、透子は今死にそうになっていて……。

グルグルと同じことが頭の中を巡り、結局答えを出せないでいる。

その時、優生が青い炎に包まれて燃え上がった。

はっと我に返った柚子が、隣にいた玲夜を見る。

「悩む必要などないな。お前が死ねばすべて解決できるなら、死ね」

「玲夜っ！」

柚子は止めるように玲夜の腕を掴む。

「駄目！」

「止めるな。わざわざ一番簡単な方法を教えてくれているのだから、そうしてやればいい」

『我もその意見には賛成だ』

龍までもが本来の姿に戻って威嚇をする。

「あーい」

「あいあーい」

追い打ちとばかりに、子鬼も青い炎を優生に投げつけていく。

顔を青ざめさせる柚子に反し、燃え上がった青い炎は次の瞬間には黒いもやに浸食されるようにして消え去った。

これには玲夜もわずかに目を見開き、眉間の皺をさらに濃くした。

「下等なあやかし風情が」

先ほどの笑みも浮かんだ表情とは違う怒りを宿した優生は、玲夜の攻撃を受けたにもかかわらずどこも傷ついてはいなかった。

「せっかく柚子自身に選ばせてあげようと思ったのにね。やっぱり邪魔な鬼は先に始末しておくべきだったようだ」

　ぶわりとこれまで以上に黒いもやが優生から発生する。

　辺りを覆い尽くしそうなほどのもやは圧迫感を与え、息苦しさすら感じる。

　玲夜と子鬼は見えてはいないようだが、なにかの異変は感じているようだ。

「霊力……とは少し違うか？　なるほど、変質した力か……」

　なにやら納得した様子の玲夜をにらみつける優生。

「本当に邪魔だな。俺と彼女の世界にお前はいらないというのに」

　そう言ってうっとおしそうにする優生への違和感は以前より一層強く感じた。

「あなたは……誰？」

　思わず口をついて出た言葉に、優生は一瞬驚いたような顔をした後、ニヤッと口角を上げた。

「なにを言ってるんだ？　俺は優生だ。君のはとこだろう？」

　確かに、目の前にいるのは柚子の見知った優生だ。

　だが、拭えぬ違和感は優生と話をするたびに膨れ上がる。

　優生は玲夜を標的と狙いを定めたようだ。空を覆いそうなほどの黒いもやが玲夜に向かい襲いかかった。

「玲夜、逃げて！」

あれは駄目だ。触れてはいけない。

そう直感的に思ったが、見えない玲夜には避けようがなかった。

柚子は玲夜を庇おうと玲夜にしがみついた。

もやが柚子と玲夜を飲み込もうとした時、柚子の視界の端にピンク色のなにかを捉えた。

ひらりひらりと落ちてくる薄ピンク色の花びら。

どうして花びらがここにあるのかと不思議に思う間もなく、その花びらを中心に爆発するようにたくさんの花びらが飛び散った。

「っ、どういうことだ！」

視界を花びらに埋め尽くされる中、優生の焦ったような声が聞こえてきた。

黒いもやをかき消しながら、花びらもすうっと姿を消していく。

「なに今の……？」

そこへ、ひらりと花びらが一片降ってくる。

それを柚子は手のひらで受け止めた。

「桜の花びら？」

すると風が吹き、同時に薄ピンク色の花びらは風に乗って消えていく。

柚子はその花びらが見えなくなるまで呆然と立ち尽くすしかなかった。

それは玲夜や龍も同じで、なにが起きたか理解できない様子。

ただ、黒いもやが見えなかった玲夜も、桜の花びらだけははっきりと確認できたようだった。

だからこそ、なおさらなにがどうなったか分からないようで、ひどく困惑していた。

そして我に返った時には、すでに優生の姿は見当たらなかった。


そんな不思議な体験をしたその日の夜、柚子は夢を見る。

以前にも見た桜の木が出てくる夢。

けれど、これまでとは少し違っていた。ヒラヒラ舞う桜の花びらの中、桜の木のそばに女の人が立っていたのだ。

──白い小袖に緋色《ひいろ》の袴、その上に千早《ちはや》を羽織った、柚子とそう年も変わらぬ若い女性は、柚子をじっと見ていた。

「あなたは誰?」

女性は悲しそうに微笑むだけで答えてはくれない。代わりに手を上げると、桜の木の下を指差した。

『ここに……』

よく聞き取れなかったが、女性が発した声はずっと桜の木の下から聞こえていたあ

じる。
そこで柚子は目が覚めた。あまりにも鮮明に覚えている夢はまるで現実のように感
しかし、女性はなにも言わずすっと消えていった——。
『…………』
「そこになにかあるの？」
の声だった。

勢いよくベッドから起き上がった柚子に、龍や猫たちも顔を上げた。

龍は眠そうな顔でのそのそとやってくる。

『どうしたのだ？』

「夢。またあの夢を見たの。桜の木の夢」

今回は以前に見た夢よりもよりはっきりとしていた。

『またか。同じ夢だったか？』

「うん。でも今回は女の人が出てきた。巫女《みこ》装束みたいなのを着た若い女の人」

『巫女？』

「鬼龍院の本家に行きたい。あの桜の木に行かないといけない気がする」

唐突にそう思った。

『それは勘か？』

「勘なのかな？　分からないけどそうした方がいいと思うの。……ううん、たぶん呼ばれてる。行かないと」

確証があるわけではない。ただ、そんな気がするだけだ。

けれど、自信を持って言える。

行かなければならない、あの桜の木に。

ベッドから立ち上がった柚子は、急いで着替え始める。

『待つのだ、柚子。今はまだ夜中だぞ』

「分かってるけど、朝まで待ってられない！　早く行かないと」

気が急いて仕方がない柚子は、今すぐに行かなければと、気持ちばかりが先走る。

『うーむ。これも神子の力が強くなってきているということなのか？』

龍は困ったようになにかを言っていたが柚子はかまっていられない。

「アオーン」

「にゃーん？」

龍と共にまろとみるくもよく分からないとばかりに首をかしげる。

バタバタと大急ぎで支度を済ませた柚子がそのまま部屋を飛び出していくので、龍は慌てて追いかけて柚子の腕に巻きつく。

今は真夜中で、廊下も小さな灯りがあるだけで薄暗い。

気付かぬはずがない。

人気《ひとけ》もなく、しんと静まりかえった中で慌ただしく廊下を走る足音に、屋敷の者が
た。

柚子が玄関で靴を履いていると、使用人頭と数人の使用人が困惑した顔でやってき
「柚子様、どうなさったのです？　こんな真夜中に」

「あっ、起こしちゃってごめんなさい。私これから本家に行ってきます」

「今からでございますか!?」

「そうです」

夜中にそんなことを言いだした柚子に驚くのは当然だろう。

「ちょっ、ちょっとお待ちください！　玲夜様にご報告を……」

使用人頭がわたわたしていると、横から声がかかった。

「俺ならここにいる」

はっと全員の視線がそちらへ向く。

「玲夜……」

使用人たちでさえ気付いたのだから、この屋敷に結界を張り、中のことを把握でき
る玲夜が気付かぬはずがなかった。

「柚子、こんな時間になにをしているんだ？」

「本家に行きたいの」

「こんな時間にか？」

「うん。行かないといけない」

柚子もただの思いつきでそんなことを言っているわけではない。

玲夜に反対されても無理やりにでも行くつもりだった。

けれど柚子が折れないことを悟ったのか、玲夜は使用人頭へ指示を出す。

「道空《どうくう》、至急車を用意してくれ。本家へ行く」

「か、かしこまりました」

使用人頭はまさか玲夜が許可するとは思わなかったのか目を丸くしたが、無駄口は叩かずすぐに命令に従うべく動いた。

その辺りはさすが使用人頭を務めるだけある優秀さだ。

「俺もすぐに準備してくる。それまで待てるな？」

有無を言わせぬ玲夜の空気に、柚子は少し冷静になり頷いた。

とはいっても気は急いていて、ほんのわずかな時間が途方もなく長く感じる。

数分して玲夜が着替えてやってきた。

「玲夜、早く早く！」

「分かった、分かった」

玲夜は子鬼も連れてきており、玲夜にしがみついていた彼らはぴょんと柚子の肩に落ち着いた。

「あーい？」

「あい」

子鬼もなぜこんな時間に出かけようとしているのか不思議そうだ。

「ごめんね、子鬼ちゃん。屋敷で待っててもいいよ？」

そう言うと子鬼はイヤイヤとするように首を横に振る。

そうしている間に車が用意できたようだ。

「お車の準備ができました」

道空の言葉に頷き、玲夜は柚子に手を差し出す。その手を取って柚子は屋敷を出た。

車の中で、玲夜からなにがあったのかと質問される。

「夢を見てね、本家の桜の木に行きたいの。なにがあるかは分からないんだけど……」

こんなにも大騒ぎして周りを巻き込んだ理由が夢というのは少し言いづらかった。

しかし、玲夜は咎《とが》めるでもなく真剣に耳を傾けている。もしかしたら怒られることも覚悟していたのだが、その様子はなく柚子は安堵した。

「女の人がいて、桜の下を指差したの」

「なにかあるのか？」

「行ってみないことにはなんとも……。だから確認したいの。なにがあるのか」

そこからは静かな時間が続いた。

そして、本家へと着く。

車が停まるや、柚子は自分でドアを開けて飛び出した。少しでも早くたどり着きたいと気がはやって仕方がない。

玲夜も後からついてくるが、先を急ぐ柚子を止めたりはしなかった。

この本家は千夜が結界を張るテリトリーの中。よほどのことがない限り安全であることを玲夜は知っているので、柚子の好きにさせるのだ。

息を切らせて走る裏の森の中は暗く、スマホの灯りを頼りにその先にある場所へ向かう。

森を抜けるとひらけた空間があり、そこに柚子の目的である桜の木が鎮座していた。

今日も満開に咲いた花が柚子を迎える。

柚子は激しく鼓動する心臓を落ち着かせるようにゆっくりと近付いていく。そして、桜の木に触れられるところまでやってきた。

夢で女性が立っていた場所である。

『柚子、本当にここなのか？』

「うん。間違いない。この下を指してたの」

柚子はしゃがみ込んで、夢の女性が指差した木の幹のすぐそばの地面にそっと手を乗せる。

けれど、なにも起こらない。

「う～。どういう意味？　掘るの？」

柚子は素手で地面を掘り始めた。

がりがりと爪の間に土が入るのも気にせず掘り続けているのを見ていた子鬼たちも手伝い、一緒になって掘る。

龍はスマホを持ってライトで手元を照らしてくれている。

しかし、なにも出てこない。

「なんでぇ？　ただの夢だったの？」

呼ばれた気がしたのだ。光明を見出せたかと思った。なにかこの現状を打開する策があるのではないかと。

「早くしないと透子が……」

泣きそうになりながらさらに掘り進めていく。

すると、柚子の後ろから声が聞こえてきた。

「おやおやぁ。こんな時間に皆してどうしたのかな？」

「なにしてるんだい？」


「父さん」

「玲夜君も柚子ちゃんもこんばんは〜」

千夜がにこやかな顔で登場した。

「玲夜君たちの気配がしたから見に来たんだよ〜。なにしてるんだい？」

「柚子が急にここへ来たいと言うので」

玲夜が代わりに答え、夢の話を千夜に教える。

とはいえ玲夜も柚子から聞いたにすぎないので、分かるのは柚子だけだ。

けれど、その柚子も途方に暮れている。

すると、雲間から月の光が降り注ぎ、まん丸に近い月に照らされた桜がよく見えた。

「もうすぐで満月か……」

そういえば、夢の中の桜の木も月に照らされたように淡く光を受けていたなと思い出した。

月の光に照らされた桜の木はより一層幻想的な魅力を発している。その時……。

『ここに……て』

はっと柚子は地面に視線を落とす。

「そこにいるの!?」

『柚子？』

龍には聞こえていないのか、柚子を怪訝《けげん》な顔で見る。

一心不乱に土をかく柚子に桜の花びらがひらりひらりと降り続ける。そして、柚子は静電気のようにビリッとしたものを手に感じた。

なにかとなにかがつながったような感覚。

次の瞬間、柚子は急激な眠気を感じて体が倒れる。遠くなる意識の中、玲夜が柚子を呼ぶ声が聞こえた。

そこで意識は暗転する。


——柚子は夢を見ていた。長い長い夢を。

自分のものではない女性の生涯を。

愛しい者を残していかなければならない悲しみ、苦しみ。

そして女性に最後に残ったのは、激しい怒り。

自分をこんな目に合わせた男への血を噴き出しそうな憎しみ。

いつか、いつの日か、この想いを晴らすその日まで、女性は待ち続けた。

そして、ようやく見つけたのだ。あの男を。

この想いを晴らす時が来たことへの歓喜が湧き上がる。

『ここに連れてきて、あの男を』

6章

「柚子！　柚子！」

どれだけ意識を失っていたのだろうか。玲夜の焦りを感じる声が聞こえてくる。

柚子はゆっくりと目を開けた。

「柚子」

ほっとしたような玲夜の顔が近くにあり、柚子はそっと手を伸ばし頬に触れた。

「ごめんなさい、心配させて」

「いや、大丈夫なのか？」

「うん。平気」

玲夜に抱えられていた柚子は、ゆっくりと身を起こして立ち上がった。

「なにがあったんだ？　急に倒れたりして。具合が悪いんじゃないのか？」

矢継ぎ早に質問をしてくる玲夜は未だ心配そうにしている。

そんな玲夜を安心させるようににこりと微笑んだ。

「本当に大丈夫。少し夢を見てたの。見せられたって方が正しいのかもだけど」

柚子はちょっと困ったように眉を下げる。

「どういうことだ？」

「うーん、私もどこから説明したものか……。でも、うまくいけば透子を助けられるかもしれない」

よく分かっていない様子の玲夜を見上げて柚子は問いかけた。

「玲夜、協力してくれる？」

「柚子がそれを望むなら。けれど、その前にちゃんと説明してくれ」

「僕にもね～」

と、横から千夜も入ってくる。

「はい。少し長くなるかもだけど」


場所を本家の屋敷に移した柚子たちは、柚子の話に耳を傾けた。

柚子は、信じられないと驚きの狭間にいる面々を見る。

そう感じるのは当然のことだった。柚子もまだ少し信じられない思いでいるのだから。

中でも、龍の落ち込みようは際立っていた。

『なら、サクはずっと……』

責めているのだろうか。あの時力になれなかった自分のことを。

柚子は慰めるように龍をその手で抱きしめた。

「あなたのことを責めてなんていなかった。私が感じたのはあの男への怒りだけ」

『だが……』

「悪いと感じているなら力になってあげたらいいわ。今度こそ彼女の願いが叶うように。安心して眠れるように」

『うむ……。そうだな……』

柚子はぽんぽんと背を叩いてから龍を解放した。そして千夜に向き直る。

「千夜様、お願いがあります」

「分かってるよ～。ここに入れる許可がほしいんだね」

誰をと言わなかったが、柚子には十分伝わった。

「はい。桜の木を移動させることはできないから、ここに連れてくるしかないんです」

「正直胸くそ悪くて仕方ないけど、他に方法がないからね。了解だよ～」

「ありがとうございます」

柚子は正座して丁寧にお辞儀をした。

「顔を上げてよ、柚子ちゃん。あれを放っておいて困るのは鬼龍院も同じだからね。協力は惜しまないよ。なにせ未来の娘のためでもあるんだから」

茶目っ気たっぷりにウィンクする千夜は、こんな時でも態度はいつも通り。

そのことが余計に柚子を安心させた。

そして玲夜の変わらぬ強い眼差しにも力をもらえる。大丈夫だ。すべてうまくいくと。

そうこう話をしているうちに外は明るくなり朝になっていた。

玲夜の屋敷に帰る前に本家で朝食を食べていったらいいと言う千夜の言葉に甘えて朝食の席に向かうと、柚子たちが現れたことに素直にびっくりしている沙良がいた。

「おはようございます、沙良様」

「えっ、えっ、柚子ちゃん？　玲夜君も。どうして、どうして？」

誰も沙良に柚子たちが来たことを教えなかったようだ。忘れていたのかもしれない。

「夜中にちょっと用があって来たんだよ～」

千夜がニコニコしながら教えると、沙良は少し不機嫌そうな顔に。

「だったら私にも教えてくれればいいのに、千夜君たら」

「ごめんねぇ。まっ、皆そろったことだし朝ごはんにしようか」

それを合図とするように朝食が運ばれてくる。

「残念だわ。ふたりが来るならもっと豪華な朝食を用意してもらっておいたのに」

「いえ、十分です！」

遠慮しているわけでなく、運ばれてきた朝食は十分に豪華という言葉が当てはまるものだった。

毎日これなのかと疑問に思ったが、玲夜や千夜の様子を見ている限り全然驚いておらず、通常仕様なのだと察した。

さすが鬼龍院本家の食事。毎日が特別待遇だ。

玲夜の屋敷でも食事は料亭かと見まがうばかりの朝食が出てくるのだが、ここまでではない。

玲夜が食への興味が薄いからというのも影響しているようだ。

なんでも、柚子が来るまでは仕事中心で食事もそこそこに済ませていたと使用人頭から聞いていた。

柚子が住むようになったことで、一緒に食事を取るため、生活改善ができたと柚子に感謝感激だとか。特に料理人がやりがいを持てて仕事に精が出ると一番喜んでいるらしい。

そんなこんなで沙良が主導権を握った会話で楽しく時間が過ぎ、食事を終えた柚子たちは帰宅の途につくことにした。


そして、柚子は透子の病室を訪れていた。

相変わらず透子の目は覚めておらず、首と体には黒いもやが絡みついている。

東吉はあれから眠れていないのか、目の下にクマを作っており、元気もない。

「にゃん吉君、ちゃんと食べてる?」

「そんな気が起きない」

「ちゃんと食べておかないと透子が起きた時に怒られるよ。一度家に帰って身だしなみを整えてきたら？」

努めて明るく話しかけるが、力のない返答が返ってくる。

「いつどうなるか分からないのにそんなことしていられない」

こんなにも意気消沈した東吉を見たのは初めてだ。

「それなら大丈夫」

透子にのみ向いていた視線が柚子に移る。

「どういう意味だ？」

「今夜、決着つけてくる。透子は絶対に大丈夫」

確信めいた柚子の言葉に、東吉は目を見開く。

「透子は助かるのか？」

柚子はこくりと頷く。

「だからにゃん吉君は、透子が起きた時に心配させないためにもちゃんと食べて寝ておかなきゃ。でないと透子が安心して起きられないよ」

確証のない言葉を信じられたのかは分からない。けれど、東吉は立ち上がった。

「……一度家に帰ってちゃんとしてくる」

その声には先ほどにはない力強さがあった。

「うん」

病室を出ていった東吉の背を優しい眼差しで見送ってから、透子に視線を向ける。

「透子、もうちょっとだから、あと少し我慢しててね」

透子を見つめる目には強い意志が宿っていた。


病院を後にした柚子の視線の先には黒塗りの車があり、そこで玲夜が待っていた。

「玲夜、お待たせ」

「もうよかったのか？」

「うん。私がいてもなにもできないし」

「そうか」

玲夜は不意に柚子の頭に手を回し、引き寄せる。

軽く触れた唇と唇に、柚子の顔はあっという間に紅くなった。

「ななにするの!?　こんな外でっ」

「いや、最近いろいろとあって柚子との触れ合いが少なかったなと思ってな」

「別に今じゃなくても！　誰かに見られたら……」

「見せつけておけ」

傲岸不遜な玲夜の言葉に、柚子はパクパクと口を開けたり閉じたりさせる。

けれど、確かにこんなやりとりは久しぶりのような気がする。

実際はそんなことはないのだが、優生や透子の問題で頭がいっぱいで、随分と前のことのよう。

そう思ったら途端に玲夜が恋しく感じた。

柚子は自分から玲夜の背に腕を回す。

「誰かに見られたくなかったんじゃないのか？」

顔を見なくても玲夜が意地悪く口角を上げているだろうことが分かった。

それでも、離れるには至らなかった。

「うん……。少しだけ」

そう言うと、玲夜も腕を回し柚子をよりしっかりと抱きしめる。

お互いの体温を感じるこの距離がとても愛おしい。

最初の花嫁サクはこの温もりを手放さざるを得なかった。

そう考えると悲しく胸が痛くなり、今なお桜が狂い咲く理由が分かる気がする。

自分も同じような境遇になったなら、きっと彼女のように残すだろう。

形を作るほどの強い想いを。

時を越えても現世に残り、あり続けるほどの強く痛いほどの憎しみを。

それを知ったからこそ大切でたまらない。

玲夜がそばにいること。玲夜の温もりを感じることのありがたさを。

これからのことを考えると、不安がないと言ったら嘘になってしまう。本当にうまくいくか保証などなにもないのだ。

けれど、玲夜も龍も千夜も柚子のことを信じてくれた。

だから柚子も信じよう。どんな姿になってもなお待ち続けた彼女のことを。

今夜すべてが終わる。

月が満ちる満月の夜に。


月には不思議な力があるという。

いつか、そう言ったのは龍だっただろうか。

その時は特に興味もなく聞き流していたが、今は無視などできない。不思議な力を誰より実感しているのだから。

柚子はとある公園で空に昇る月を見ていた。

そんな柚子に近付く人影。

「こんな時間に呼び出すなんて、どうしたの？　やっと俺のものになる気になったのかな？」

柚子は自分から呼び出した優生に向き合った。

「透子を治して」

優生はあきれたように笑う。

「言ったはずだ。それにはこちらの条件を受け入れることだよ」

「どうしてそこまで私に執着するの？」

「運命だからだよ。俺たちは出逢《であ》うべくして出逢ったんだ」

自分の言葉こそがすべて正しいと疑っていない眼差し。

「それをあの鬼が後から出てきて邪魔をしたんだ。ずっと目をつけていたのは俺だ。俺の方が柚子に出逢ったのは早いのに」

優生は苛立たしそうに爪を噛む。

「それが優生の考えなの？」

「そうだよ」

「本当に？」

柚子はとても静かな眼差しで優生を見据えた。

「どういう意味？」

「それは本当に優生の心の声？　本当にあなたは優生なの？」

「おかしなことを言うんだね」

柚子はじっと優生を見た。まるで真実を見通すかのような眼差しで。

「そんなことより、どうするかは決まったのか？」

柚子は優生に背を向け、振り返った。

「ついてきて。別のところに移動して話したい」

不思議そうにしながらも言われるままに柚子の後についてくる優生を伴い、公園の外に停めていた車に乗り込む。

「乗って」

「どこに行くんだ？」

「行ってみたら分かるわ」

少しの逡巡《しゅんじゅん》の後、優生は車に乗り込んだ。

車の中で優生が何度か話しかけてきたが、柚子はすべて無視して無言を貫いた。

そして、着いたのは鬼龍院本家。

もちろん優生はここがどこだか分かっていない。

「ここは？」

「こっちに来て」

さすがに不審そうにしながらも優生は自分の力に自信があるのか文句も言わずついてくる。

柚子は緊張する心と体を悟らせないように必死で平静を装っていた。

今そばには玲夜も龍も子鬼もいない。警戒されるのを避けるためだが、いつも一緒にいる面々がいないと途端に心細くなる。

それでも、彼女の願いと自分の願いを叶えるために己を奮い立たせる。

森を抜けると目に飛び込んでくる桜の木。

満月の光が木を照らし、ひらりひらりと舞う花びらが幻想的な空間を引き出していた。

これには優生も素直に感嘆する。

「すごいな、ここ」

そんな優生を置いて、柚子は小走りで桜の木へ向かった。

そこには、柚子の最愛が待っている。

「玲夜」

玲夜のそばには龍と子鬼、そして少し離れたところに千夜がいた。

柚子は玲夜に一度ぎゅっと抱きついてから振り返り、こちらへ歩いてくる優生を強くにらみつけた。

優生もまた険しい顔をしている。

「柚子、これはどういうこと？」

「私はあなたのものにはならない。そうはっきり伝えるためよ。そして、透子を治してもらう」

「くっ、ははは。どうやって？　俺の善意を期待しているなら無駄だよ。俺は柚子が手に入らないなら治さない。ならどうする？　殺すか？」

その瞬間、ぶわっと優生から黒いもやが噴き出すように辺りに広がった。

嫌な感じのするそれは、かつてない広がりを見せ、鳥肌が立つ。

「俺を止めることはできない。鬼にも、そこにいる霊獣にも」

「……そんなの分かってる。あなたのその力は祓う力でしか対抗できないって。それも、とても強い力を持っていないと」

「その通りだ。現代にはそれほど強力な祓う力を持つ者などいやしないさ」

「だから、ここに連れてきたの。あなたに会いたがっている人がいるこの場所に」

優生は意味が分からないという顔をしている。

「この桜の木の下にはね、初代の花嫁が眠っているの」

「サクが……」

なぜ優生が初代花嫁の名を知っているのか、それを問う者はいなかった。

「サクさんは愛した人と引き離されて、龍の加護も引き剥がされ、ボロボロになってようやく帰ることができたけど、その命は長く保たなかった。それをしたのは、一龍斎の幼馴染みの男だった。サクさんは、残していく旦那さんや子供のことを心配して逝った。けれど最後の最後に残ったのは、自分を死に追いやった男への深い怒りと憎しみ。そんな深い執着と執念は念となってこの世へ留まった」

柚子は桜を見上げる。

「この桜が年中咲くのは、サクさんの残した想いが昇華されていない証拠」

「いるのか、サクがそこに……」

優生は手を震わせる。

「あなたもそうなのでしょう？　サクさんの幼馴染みで、彼女を深く苦しめた元凶の男」

優生の姿をした男は目を見開いた。

「生まれ変わりとかって言われても私は半信半疑だけど、彼女が教えてくれた。生まれ変わったあなたは優生の中に眠っていたけれど、深い執着と怨念が優生を押しのけて表に出てきてしまった」

それが桜の木を通じて残されたサクの思念が柚子に伝えてくれたことだ。

優生がまるで二重人格のように柚子のことで豹変《ひょうへん》していたのは、そもそも別の人格だったのである。

なぜサクではなく柚子に執着していたのかまでは教えられなかったけれど、中学の頃からすでに優生を押しのけて表に出てきたりしていたようだ。

中学卒業後、柚子から離れたことで男は優生の奥で眠っていたのだが、柚子が神子の力を強くしたことで、一龍斎の血族である男にも影響が及び、再び優生を押しのけて出てきてしまったのだ。

「だったらどうするというのだ？」

「優生を元に戻して、あなたは再び眠りについて。そうするのなら許してあげる」

優生は声をあげて笑った。

「随分と上からものを言うのだな。優生は俺であり、俺が優生なのだぞ」

突然優生の話し方が変わった。

「そもそも俺が誰かなどどうでもいいことだ。俺を止められる者など存在しないのだから」

強気な優生はよほど自分の力に自信があるのだろう。

けれどそれは柚子の言葉で崩れる。

「いるわ」

「なんだと？」

「言ったでしょう？　ここにはサクさんの心が眠っているのよ」

「まさか……」

優生は目を大きく見開く。

「玲夜、千夜様、お願いします」

「ああ」

「オッケー」

玲夜と千夜は頷いて桜の木の幹に手を触れた。

「なにをする気だ？」

「玲夜と千夜様は鬼龍院の当主直系。つまりふたりの中には初代花嫁の血が受け継がれているの。その霊力はサクさんの力になることができる。そして満月の光が力を与えてくれる」

たぶん……。と、心の中で付け加えた。

柚子も正直やってみないと分からないのだ。サクの思念が伝えてきたことを実行しようとしているにすぎないから。

けれど、そんな弱味を見せるわけにはいかないので、柚子は強気に見せようと必死だった。

満月が照らす中、玲夜と千夜が同時に桜の木に霊力をありったけ流し始めた。

すると、桜の木そのものが青い光を発して燃え上がる。

なにか危険を感じたのだろう。優生は慌てたように黒いもやで桜の木を覆い尽くそうとした。

　しかし、桜の花びらが舞い散りもやをかき消していく。

　そして、霊力を注ぎ尽くした玲夜と千夜がつらそうにその場に膝をつくと、桜はさらに光り輝いた。

　静寂が辺りを包む中、シャンシャン、とどこからともなく鈴の音が聞こえてきた。

　それと共に千早を羽織った女性が現れ、桜の花びらが散る中で舞を舞っている。

『ああ……サク……』

　龍が懐かしそうに目を細めた。

　優生……いや、優生の姿をした誰かも、初代花嫁のサクの姿に打ち震える。

「サク、サク……。俺のサク……」

　一歩、また一歩踏み出す優生を取り巻いていた黒いもやが集まり形作る。

　それは髪が長く吊《つ》り目気味の目をした細身の男性の姿をしており、柚子がサクの思念に見せられた幼馴染みの男と同じ人物だった。

『やはりあの男っ』

　龍が憎しみの籠もった目でにらみながらギリリと歯噛みする。

　男を中心に膨れ上がる黒いもやは、まるで男の執着心そのものを表しているかのように広く濃くなる。

　それに対して、サクは手に持った鈴を鳴らしながら舞を続け、共鳴するかのように多くの花びらが舞い散った。

目も開けていられないようなたくさんの花びらに、思わず腕を前に出して防ぐ。

不意に背中に温もりを感じて振り返れば、玲夜が護るようにして柚子を支えていた。

「玲夜っ」

「黒いもやというのはあれのことか」

柚子から視線を移した玲夜の目は確かにもやを捕らえていた。

「玲夜も見えるの？」

「ああ、今さっき見えるようになった」

『桜の木を通してサクと霊力でつながったからかもしれぬな』

龍が予想を口にする。

「あの男が元凶か？」

「多分そう。あれを祓わないと透子も助からない」

優生の中に眠る記憶であり、強い思念。

これまでは優生の中に眠っていたが、柚子をきっかけに目覚め、本体を動かしていた。

柚子が優生を苦手としていたのはきっとあの思念のせいだろう。

今も鳥肌が立つような嫌悪感が柚子を襲っていた。

「祓えるのか？」

「分からない。でも、サクさんがあの男をここに連れてこいって言ってたの。サクさんならあれを祓えるって。それが復讐《ふくしゅう》になるからって」

柚子はただ見ていることしかできない。

桜が舞う。たくさんの桜が。

まるでこの日を待っていたかのように。

歓喜に震えるように桜が散る。

玲夜と千夜の霊力をもらい受けてこの世に姿を現したサクはただひたすらに舞い踊っていた。

桜の下でずっと待っていた復讐の時を決して逃がさぬと言うように。

そして、桜吹雪が黒いもやを消していき、優生の姿をした男を襲う。

「うあぁぁぁ！」

優生が頭を抱えて苦しみ歪んだ叫び声をあげた。同時に、もやが形作る男もまた苦しみ呻《うめ》いた。

「やめろぉぉぉ！　サクゥゥ！」

『やめろぉぉぉ！』

シャンシャンと鈴が綺麗な音を奏でるたびに重なる叫び声。

『サク、お前は俺のものだぁぁ！』

サクに襲いかからんとする男をたくさんの桜の花びらが包み込んだ。

『やめろ、やめろぉぉ！』

巻き上げるように、黒いもやの男と優生が引き剥がされた。それと共に優生の体が力を失いそのまま倒れる。

優生の頭上で、思念だけの男が桜の花びらに囚われていた。

シャンシャンと音を立てて、サクが、最初の花嫁が鈴を鳴らす。

満月に照らされた桜の木がより光を発し、その力を増すのが分かる。

それがサクの力に変わっていくのだ。

『ぐわぁぁ！　サクゥゥ。許さんぞ、俺から離れるなど許さんからなぁ！』

最後の悪あがきをするように黒いもやが広がり、周囲を包まんとする。

それは柚子にも魔の手を伸ばさんと近付いてきた。

「きゃあ！」

「柚子！」

桜の木に霊力をほとんど注いだ玲夜のどこにそんな力が残っていたのか、柚子に触れそうなもやに向かって青い炎をぶつける。

それは柚子を守るようにもやから柚子を隔てて燃え上がった。

そして柚子は渡さないとばかりに玲夜は柚子を腕の中に閉じ込めた。
そんな中で桜吹雪はより一層勢いを増す。
『あなたは終わるのよここで。過去は今の世に必要ないわ』
初めてサクが言葉を発した。
『この時を待っていた。あなたに復讐するこの時を』
『ぐぁぁぁ！』
男は苦しみ悶《もだ》える。しかしその声はもやが薄れていくに従い小さくなっていく。
『サク、サクゥゥ……』
花びらに巻かれながら男は消えていった。
そして静寂が残される。
もやと共に男が消えた後、舞をやめたサクはその場で静かに涙を流した。
なにを考えているのだろうか。
復讐を終えた達成感？　安堵？　喜び？
いや、それらすべてかもしれない。
ただ、彼女の流す涙はとても悲しく、そして美しいと柚子は思った。
『サク……』
龍がサクの元にゆっくりと近付いていく。ホロホロと涙を零しながら。

さらに、どこからともなくまろとみるくも現れた。

いったいいつの間にやってきたのかと柚子は驚いたが、その輪の中に入るのははばかられた。

「アオーン」

「ニャーン」

サクに甘えるように擦り寄るまろとみるく。

けれど、サクの体は透けており、二匹が彼女に触れることはなかった。

それは龍も同じだけれど、関係ないとばかりに首を下げてサクに顔を寄せた。

そんな三匹に、サクは涙を浮かべた顔で優しく微笑み、触れられない手でまろとみるくの頭を撫で、龍の頬に触れた。

『ごめんね、ごめんね……。そばにいてあげられなくてごめんね……』

『なにを謝るのだ。我らこそ、そなたを護れずにすまぬ』

「アオーン」

「ニャオーン」

次第にサクの体が薄く透けていく。

『もう時間ね』

悲しげに微笑むサクに、龍は問いかけた。

『サク、そなたは幸せだったか。こんなにも思念を残すほどに恨み復讐心を燃やしておったそなたは』

『ええ。幸せだったわ。あの人がいてあなたたちもいて、とても幸せだった』

その顔は心からの笑顔だった。

幸せだったと言った笑みを龍たちの心に刻みつけ、サクもまた風の中に消えていった。

終わりを告げるのは彼女だけではなかった。

違和感に気付いたのは柚子だった。

「玲夜、見て。桜が……」

大昔よりここで咲き続けた桜の木が、静かにその花を散らせてゆく。

『きっとサクが消えたからだろう。ずっと桜と共にあり続けていたのだ。サクの強い心残りが桜を咲かせ続けていた。けれど、もう必要はない。サクはようやく安心して眠れるのだな……』

「そっか」

それならばよかった。これでゆっくりと眠りにつける。

もう彼女の眠りを邪魔する者はいない。

けれど、柚子には謎がひとつ残された。

「結局、サクさんの幼馴染みの男はどうしてあんなにも私に執着していたのかな？」

「そこは伝えられなかったのか？」

「うん。全然」

知る必要のないことだったのか、教えるまでもない些末《さまつ》なことだったのか、それだけは最後まで分からないままだった。

「きっと柚子が一龍斎の血を引いていて、神子の素質を持っていたからじゃないのか？」

「うーん、そうなのかな？」

なんだか納得がいかない。

そんな会話をしている横で、龍と千夜が視線を合わせて会話をしていたことに柚子も玲夜も気付かなかった。

「さぁて、帰ろっか」

すっかりと枯れてしまった桜の木のそばで、千夜が明るい声でそう言った。

「そうですね。俺も疲れた」

普段どれだけ忙しくしていても涼しい顔をしている玲夜には珍しく疲労の色が見える。

「僕もだよぉ。僕と玲夜君は霊力たっくさん桜の木に注ぎ込んじゃったからね。もうカラッカラだよ～」

「敷地内の結界は大丈夫なんですか？」

千夜はこの鬼龍院の広大な敷地に結界を張る役目を担っているだけに玲夜も心配そうだ。

「うん。そこはしっかり対策してるから大丈夫だよ～。さっさと帰って夜食でも食べようねぇ」

「そうですね。柚子、行くぞ」

「はーい」

呼ばれた柚子は、龍と猫たちを探した。

先ほどまでいた場所におらず、どこへ行ったのかときょろきょろ視線を動かすと見つけた。

なんと、まろとみるくと、そして小さくなった龍は、倒れている優生を足で踏んづけたり蹴っ飛ばしたり砂をかけたりしている。

しかもそこに子鬼たちまでもが参戦しようと、手に青い火の玉を持ってじりじり近付いていっているではないか。

「玲夜、玲夜！　優生を忘れてる！」

玲夜の腕を叩いて、優生の身が危険なことを知らせる。

が、玲夜は優生を一瞥《いちべつ》しただけでふいっと視線を外し見なかったことにしたのだ。

「俺にはなにも見えていない」

「そんなわけないでしょう!?　あの子たちを止めないとだし、あのままにしておけないよ！」

玲夜はものすごく嫌そうな顔をしてから、呼びかけた。

「お前たち、今はそれぐらいにしておけ。とりあえず連れてこい」

今は、という言葉が気になる。

龍たちは不服そうな顔をしながらも手を出すのをやめて、仰向けに倒れている優生の腕を子鬼がそれぞれ持ち、引きずって移動を始めた。

「えっ、あのまま運ぶの？　玲夜が運んでくれたり……」

「しない」

きっぱりと否定された。

柚子に優生を運ぶ力はないので、ちゃんと運ぶなら男性の力を必要とするが、玲夜は優生に優しさをちょびっとでも見せる気はなさそうだ。

ズルズルと音を立てて引きずられていく優生を、柚子は見ていることしかできなかった。

ゴンとかガコッとか、よくない音が頭からしているが大丈夫だろうかとハラハラしながら、時々後ろを振り返りつつ歩く。

優生を運ぶ子鬼も作り主と同様、優しさを見せる気はなさそうで、運んでやるだけありがたく思えと言わんばかりの雑な扱い。

そうして、なんとか本家まで帰ってくることができたのだが、優生の後遺症が心配であった。

本家の屋敷に帰ってくると、沙良の笑顔で出迎えられる。

「お疲れ様」

「本当に疲れたよぉ～」

千夜は甘えるように沙良に抱きついた。

沙良は笑みを浮かべたまま千夜を受け入れ、よしよしと頭を撫でている。

仲のいいふたりを見て、柚子もようやく気が抜けた。

「あらあら、大変だったみたいね～。でも、その様子だとうまくいったみたいでよかったわ」

「予定通りいったよ。おかげでお腹ペコペコだよ」

「軽食の準備はしておいたから皆で食べましょう。あっ、そうそう、柚子ちゃん」

沙良が思い出したように柚子を振り返る。

「はい」

「さっき連絡があって、お友達の透子ちゃん、さっき目が覚めたみたいよ」

「本当ですか!?」

柚子にとってはなにより嬉しい報告だった。

「ええ。明日にでもお見舞いに行ってくるといいわ」

「そうします」

透子の目が覚めた。その報告は柚子をなにより喜ばせた。

優生の中にあった男の思念が祓われたことで、透子にあった黒いもやも共に消えていったのだろう。

心からよかったと安堵すると共に、サクへの感謝の思いが浮かんでくる。

できれば今すぐにでも様子を見に行きたいところだが、もう夜中なので、お見舞いに行くような時間ではない。

はやる気持ちを押し殺し、今は喜びだけを噛みしめることにした。

「さあさあ、柚子ちゃんも上がってちょうだい」

「はい」

「あーい!」

「あいあい！」

子鬼の声に振り返ると、子鬼がここまで運んできた……もとい、引きずってきた優生の上で飛び跳ねていた。

「あっ」

優生の存在を思い出した柚子は、ここまでしても起きない優生は大丈夫かと本気で心配になってくる。

そんな優生をわざわざ踏みつけて、まろとみるくも部屋の中に入っていく。別に踏みつけずとも入っていけるだろうに。なんとも皆の優生への扱いがひどい。

いや、確かにあれだけ迷惑を被ったのだから全員の苛立ちは柚子もよく分かるのだが、あくまで優生の中で眠っていた前世の残りカス……ストーカー男の粘着質な記憶がそうさせただけであって、優生自身の意思で動いたわけではないのだ。

ちゃんと問題の男はサクによって祓われたのだし、いいではないかとは思うが、優生が男の生まれ変わりという事実はなくならない。

だから晴らせなかった男への恨み辛みが優生に向かっているのかもしれない。

簡単に言うと、八つ当たりである。

玲夜も助ける様子はなく、千夜も屋敷の使用人に「どっか空いてる物置部屋にでも捨てといて～」などと指示していて、なにげに千夜が一番ひどい。ゴミ扱いである。

しかし、柚子もそれを庇おうとしないのだから同類かもしれない。

ここまでの道のりで薄汚れた優生が、使用人たちによって再び引きずられていくのをなんとも言えない気持ちで見送った。

「柚子、行くぞ」

「はーい」

優生のことは頭の隅に追いやり、柚子は玲夜の後についていく。

そこからはお祝いだと言わんばかりのどんちゃん騒ぎが起こり、柚子も千夜と沙良にお酒を勧められ、しこたま飲まされることとなった。

そして気が付いたら、朝になっていた。しかもなぜか玲夜に抱き込まれている。

「なぜに？」

起き上がろうにも、身動きをするたびにぎゅうぎゅうと抱きしめる玲夜の腕に力が入り、柚子はがっしりと捕獲される。

気分はコアラに抱きつかれている木の気分だ。

「玲夜？」

呼びかけるも玲夜は起きず、その寝顔をまじまじと見つめた。

なんとまあ、綺麗な寝顔である。

さすがあやかしの中で最も美しいと言われる鬼。美人は三日で飽きると言うが、玲夜の場合は三日経とうが三年経とうが飽きるどころか毎日見ていても見とれてしまう。

というか、玲夜の寝顔を見たのは初めてかもしれないと柚子は気付いた。

なにせ、結婚の約束をして、なおかつひとつ屋根の下に住んでいるというのに、寝る部屋は未だに別々なのである。

結婚したら寝室は一緒になるのだろうか。

そうしたら毎日玲夜と同じベッドで寝ることになるのか。

耐えられるか……？　いや、いろんな意味で耐えられないかもしれない。

「透子はどうしてるんだろ？」

一応別々に個人の部屋はあるようだが、一緒に寝ているのかまでは柚子も知らない。

「なにがだ？」

「寝室はどうしてるのかなって……」

答えてからようやく返事があったことに気付いて玲夜をうかがうと、ぱっちりと目を開けて間近で柚子を見ていた。

途端に顔に熱が集まる。

「お、起きてたの？」

「今起きた。それで、寝室がどうした？」

「いえ、なんでもないです……」

視線をそらした柚子に玲夜は目を細めて、柚子の顔を自分の方へ向かせる。

「話してみろ」

藪から蛇が出てきそうな気がして言いづらいのだが……。

「なんでも話し合うんじゃなかったのか？」

そう指摘されては柚子も弱い。

なにせ自分が言いだしっぺなのだから。

「うぅ……。別にたいしたことじゃないけど、なんで玲夜と一緒に寝てるのかなって」

「昨日酒に酔っぱらって眠って、俺に抱きついた状態で離れなかったからそのまま布団に入ったんだ」

「そ、それはご迷惑おかけしました……」

まさか自分のせいとは思うまい。

「で？　その続きはなんだ？」

なんともしつこい。柚子のことになると普段は見せない粘りを見せる。

「いや、玲夜と一緒に寝たのは初めてだなぁと思って。結婚したら寝室とかどうするのかなぁと」

「当然一緒にするに決まってるだろ。俺は今すぐにでも問題ない」

さも当然だろうと言わんばかりである。

「えっと、それは……」

「俺と一緒は嫌なのか？」

「えっ？　いや、別に嫌なわけじゃないけど……」

どことなく寂しそうな顔をした玲夜を見たら嫌だとは言えなかった。

まあ、本当に嫌なわけではない。心臓がもつかの心配なだけだ。

「そうか。なら、帰ったらすぐに柚子の部屋のベッドは撤去して寝室を同じにするぞ」

「えっ、すぐ⁉」

「嫌ではないのだろう？」

ニヤリと意地悪く笑う玲夜に罠《わな》にはめられた気がして、なんとなく悔しい。

「寝相悪くても文句言わないでね」

「そうしたら、こんなふうに抱きしめていれば問題ない」

そう言って、ぎゅっと柚子を腕の中に包み込んだ。

寝室を一緒にすることに了承したせいか、朝から玲夜の機嫌がすこぶるいい。

遅い朝食の席に着いた玲夜は、隣に座る柚子にも分かりやすいほどに感情が出ている。

それにはさすがに千夜と沙良も気が付いたようだ。

「朝からご機嫌だねぇ、玲夜君は」

「なにかいいことでもあったの？」

「ええ」

返事はするものの玲夜は理由を話す気はないらしい。

柚子としても、未来の両親の前でバラされるのは居たたまれないので助かった。

昨夜遅くまでお酒を飲んでいたためか、朝食はなんとも胃に優しい献立で、軽く二日酔いの柚子は料理人に感謝しながら食した。

全員で食事を食べ、食後のお茶をのんびりと楽しんでいると、屋敷の使用人がそっとやってきた。

「旦那様、お客人がお目覚めです」

「お客？　そんなのいたかな？」

柚子にはすぐに誰のことか分かったのだが、千夜は本気で忘れている様子。

「昨夜捨ててこいとご命令になっていたゴミ……お客人です」

「あぁ、そんなのがいたねぇ」

「今ゴミって……」

『柚子、そこは聞かなかったことにするのだ』

龍の助言を受けて、柚子はそっと視線をそらした。

この屋敷内での優生の扱いが少し不安になったが、追及はしなかった。

「じゃあ、適当に猫まんまでも与えてから連れてきてくれる〜？」

千夜のあんまりな扱いにも、使用人は動じず頭を下げた。

「かしこまりました」

「猫まんま……」

いや、追及するのはやめようと、柚子は首を横に振る。

そしてしばらくしてから部屋に優生がやってきた。

状況が分かっていないのか、不安そうにきょろきょろしている挙動不審気味の優生は、柚子の姿を見つけるなり表情を輝かせた。

「柚子！」

走り寄ってきた優生にわずかな警戒心が湧くが、柚子にたどり着く前に子鬼たちのドロップキックが優生のボディにめり込んだ。

「やー！」

「あいー！」

「ごふっ」

さらには龍がその尾で足払いをかけて優生を転ばせるという連携プレイ。

「いてっ！」

すねをしこたま床に打ちつけて悶える優生を前に、子鬼と龍がハイタッチをして喜び合っている。

なんとも複雑な気持ちになりながら、これまでの所業があるので子鬼たちを怒るに怒れず、代わりに優生に声をかけた。

「えっと、優生大丈夫？」

「あぁ、柚子。なにがどうなってるのか。俺はどうしてこんなところにいるんだ？」

「えっ、なにも覚えてないの？」

「いや……確か夜に柚子に呼び出されたところまでは覚えてるんだ。けれどそこから記憶が曖昧で……」

これはどうしたものかと玲夜を見るが、玲夜も眉間に皺を寄せている。

『うーむ。過去の怨念に乗っ取られておったようなものだから、その間の記憶が欠けておるのやもしれんな』

龍が難しそうな顔で予想を口にする。

「じゃあ、昨日のあれこれや、同窓会でのあれこれも忘れてる？」

「えっ、同窓会？　そんなのあったっけ？」

困惑した表情は嘘を言っているようには思えない。

まさか同窓会があったことすら忘れているとは予想外である。

「優生、中学の時に私と付き合ってた山瀬君を脅したのも忘れてる？」

「へ？　山瀬？　脅すって、俺そんなことしてないよ！」

優生は慌てたように手を振って否定する。

「これは……どうしよう？」

さすがにここまでいろいろと忘れている優生に、どうしたものかと柚子は頭を悩ませる。

すると、ニコニコと笑みを浮かべた千夜がポンと優生の肩を叩いた。

「僕が説明しよう！　実は君には君を妬んだ女の生き霊が憑《つ》いていて、時折君の体を借りて悪さをしていたんだ。今回もその女の生き霊が悪さをした結果なんだよぉ」

「そんなのを誰が信じるんですか」

あきれたような顔をしている玲夜に反し、優生はショックを受けた顔をした。

「そんな！　まさか俺に生き霊が!?」

「えっ、信じた」

これには柚子もびっくりというか、大丈夫かこいつは、という目で全員優生を見ている。

「けれど大丈夫だよ～。生き霊は僕たちで封じ込めたからねぇ。もう君は自由だ！」

「ありがとうございます！」

千夜の嘘を本気で信じ込み、命の恩人を見るかのようなキラキラとした目で千夜にお礼を言う優生に、彼はこんなにアホだったかと柚子は首をかしげる。

いや、そもそも優生を苦手としていた柚子はあまり関わらないようにしていたので、それほど彼の性格を知っているわけではないのだが。

それに、優生の中にいた男が祓われたせいだろうか、今優生のそばにいてもあの嫌な感じがしなかった。

きっと綺麗さっぱりいなくなったのだろう。

なので、ここにいるのはただの優生だということになる。

今の彼ならば、はとことして関係を続けられるかもしれないと柚子は密かに嬉しく感じた。

なにせ優生は祖母のお気に入りなのだから、良好な関係を築いていけるに越したことはないのだ。

「お礼には及ばないよぉ。君は未来の娘である柚子ちゃんのはとこ君なんだからねぇ」

「えっ、未来の娘？」

途端に優生の顔が固まった。

「そうだよぉ。僕の息子と柚子ちゃんは大学を卒業したら結婚するんだもんね〜」

優生は柚子を見つめ、そして隣にいる玲夜に視線を向けた。

「ゆ、柚子……」

優生は勢いよく柚子に近付いてくると、その手をぎゅっと握りしめた。

その瞬間玲夜の眼差しが鋭くなる。

視線だけで優生を射殺しそうなほどだが、柚子にしか視線がいっていない優生は気付いていない。

「柚子、君が家族のことでつらい思いをしていたのは知ってるよ。だからってあやかしの花嫁になるなんて、そんなヤケを起こさなくてもいいんだ。必要なら俺がそばにいる。結婚しよぉぉぅ……ぐべっ」

最後まで言い終わる前に、玲夜により柚子を握りしめていた手をはたき落とされ、子鬼がぶつけた火の玉を受けて襖《ふすま》を突き破り吹っ飛んでいった。

「ゆ、優生!?」

慌てて様子を見に行けば、一応生きてはいるが目を回している。

「殺すか」

地を這うような低い声が響く。

優生を見下ろす玲夜の眼差しは殺《や》る者の目だ。

「ここなら本家の中だから証拠隠滅して完全犯罪も可能だよーん」

「千夜様、玲夜をあおらないでください！　駄目だからね、玲夜」

「……冗談だ」

とてもジョークを言っているようには見えない上、残念そうに舌打ちをしている。

しかし、なんとか玲夜を引き離し、優生の安全を確保した。

気絶した優生は再び使用人によって、ゴミ扱いで物置部屋に放り込まれたとか。

目が覚めたら家に送っていくと千夜に言われて、「くれぐれもお願いします」と念を押しておいた。

一応ちゃんと家に帰ったか後で確認しておこうと、柚子は心に留め置いた。


本家を出た柚子はそのまま透子が入院する病院を目指した。

「透子！」

病院だということも忘れて大きな声を出して部屋に飛び込んだ柚子は、ベッドで上半身を起こして座っていた透子に怒られる。

「柚子、ここ病院！」

「ご、ごめん……」

素直に謝ったものの、柚子の視線は透子に釘付けだ。

「透子、もう大丈夫なの？」

「平気平気、すっかりよくなったわ。最近ずっとしんどかったのに目が覚めたらスッキリしててむしろ体調いいぐらいよ」

それを聞いて心から安堵した。

子鬼たちも嬉しそうである。

「あーい」

「あい！」

「よかった」

透子の首や体にあった黒いもやも消えていて、顔色もよさそうだ。

「心配しすぎよ」

「心配するよ。本当に危険だったんだから」

「そうだぞ」

透子の隣に椅子を置いて座っていた東吉も同意する。

透子が目を覚ましたおかげか、透子よりも顔色悪そうにしていた東吉も今は表情も明るい。少し目の下のクマが気になるが、これだけ透子が元気なのですぐに消えてなくなるだろう。

「柚子に感謝しろよ、透子。いろいろとあったみたいだから」

「ううん。私がちゃんと優生のことを対処できなかったのが原因なんだし。本当に透子が無事でよかった」

「そこよ！　私が眠ってる間になにがあったの？　私が倒れたのも関係してるんで

しょう？」

「うん。始めから話すね」

そして柚子は、初代花嫁の話から、優生のこと、優生の中にあった記憶の残滓のことを順序立ててゆっくりと話した。

優生については透子も他人事ではない。

そんな事態に陥っていたとは思っていなかったふたりは、驚いたり怒ったりと忙しなく表情が変わっていく。

「じゃあ、同窓会の時の優生は優生であって優生じゃなかったっていうの？」

「そうみたい。目を覚ました優生に聞いたら、同窓会に行った記憶すらなかったから。それどころか、中学の時に山瀬君との別れ話の原因になったことも覚えてないって」

透子は柚子の説明をふんふんと聞いている。

「つまり、変だった時は優生じゃなくて優生の中にいた奴だったってことなのね？」

「うん」

「じゃあ、前に私を吹っ飛ばしたのもその中の奴なのね？」

「た、たぶん……」

そういえば透子は以前に優生に振り払われて地面に倒されたことがあったと思い出す。

「そいつどこ行ったのよ！　許さん。いっぺん張り倒してやる！」

「もう初代の花嫁が祓っちゃったよ」

「こうなったら、代わりに優生を……」

怒りの矛先が優生へと向いた。これでは龍や子鬼たちと同じである。

「いやいや、優生はまったく覚えてないみたいだから」

「でも、そいつは優生の前世でもあったんでしょう？　なら責任取ってもらわないと」

「やるなら俺もついてくぞ」

などと、東吉もやる気満々。ふたりして目が据わっている。

「どうどう、落ち着いて。これ以上はちょっと優生がかわいそうだし……」

なにせ朝から……いや、昨夜から災難続きなのだ。

「どういうこと？」

「龍や子鬼ちゃんたちがすでに八つ当たりした後なのよ。優生、襖を突き破って吹っ飛んでいったんだから」

「あーい」

「あいあい」

子鬼たちが、敵は取ってやったとでも言うようにドヤ顔でピースをしている。

「子鬼ちゃんたちよくやったわ！」

「俺はまだ足りないと思う」

東吉はまだ不服そうだが、最終的には透子が納得したことで東吉も矛を収めた。

優生的には助かったのだろう。本人はなにも知らないのだから不憫と言えば不憫かもしれない。

けれど、最後の柚子への告白は駄目だ。確実に玲夜の逆鱗《げきりん》に触れてしまった。

やっと優生への苦手意識がなくなったが、できることなら関わり合いになるのは最小限に抑えた方がよさそうである。それが彼のためにもなるだろう。

「じゃあ、私はそろそろ行くね。玲夜が下で待ってくれてるから」

回復したとはいえ、あまり長居するのもよくないだろうと、帰ることを告げる。

「ありがとう、柚子。今度は若様も一緒に来てよ。といってもすぐに退院するだろうけど」

「いつ退院するの？」

「検査してもなんともなかったから、医者の許可が出ればすぐにできるわよ」

元気のよさそうな透子を見ればもう心配はないだろうと安心できる。

「そっか、じゃあ退院したら玲夜と家に遊びに行くね」

「手土産よろしく」

こんな時でも食い気を忘れない透子を見て、本当に大丈夫なのだなと実感する。

「了解。退院したらまた教えて」

「オッケー」

バイバイと手を振って柚子は病室を後にした。

病院の外に出れば玲夜が車で待ってくれていた。

「大丈夫だったか？」

「うん。元気だった。今度は玲夜と遊びに来てって」

「そうだな。退院したらな」

「うん」

そうして柚子は玲夜と共に屋敷へと帰った。

玄関を入ればたくさんの使用人が出迎えてくれる。

「おかえりなさいませ。玲夜様、柚子様」

「ただいま戻りました」

挨拶をする柚子の横で、玲夜と使用人頭は何事かを話している。

「道空、頼んであったものはどうした？」

「はい。ご命令通り、整いましてございます」

「そうか」

なにやら満足そうな玲夜を置いて、柚子は荷物を置くために自分の部屋へ向かった。

その後を子鬼を乗せたまろとみるくがついてくる。

そして、部屋に入った柚子はすぐに違和感に気が付いた。

「あれ、ベッドがない……」

昨日にはあったはずのベッドがスッキリさっぱりなくなっているではないか。

「えっ、なんで？」

そんな場所にベッドがあるはずないと思いつつ、クローゼットや窓の外など確認するがやはりない。

これはいったいどうしたことなのか。

柚子は隣にある玲夜の部屋へと行く。

「玲夜、入っていい？」

するとすぐに扉が開いた。

「どうした？」

すでに部屋着の和服に着替えていた玲夜が顔を出す。

「なんでか部屋のベッドがなくなってるの。玲夜なにか知らない？　雪乃さんに確認した方がいいかな？」

「柚子、もう忘れたのか？」

「え？」

玲夜はどこかあきれているようにも見える。

「今朝話していただろう？　寝室を一緒にするって」

「……へっ⁉」

しばらくの沈黙の後、ようやく思い出した。

「えっ、もう寝室一緒にしちゃったの？」

「ああ。あの後すぐに連絡して準備させた」

なんとも手際がいい。驚くべき早さだ。

びっくりしすぎるあまり言葉の出ない柚子の手を取り、玲夜は部屋の中に案内する。

玲夜の部屋の奥に扉がある。

こんな扉があったかと不思議に思う柚子を横目に、玲夜は扉を開く。

中に入ると、そこはシンプルながらもお洒落《しゃれ》な寝室となっていた。

窓際にはふたり寝ても十分広い大きなベッドが鎮座している。

「ここが新しい寝室だ」

「ふえ～」

柚子がきょろきょろ見回していると、もうひとつの扉を発見する。

その扉を開けば、廊下へとつながっていた。

「俺の部屋を通らなくてもそこからすぐに寝室に入れる」

しかも、その扉には猫用の小さな出入り口がついているではないか。

これでいつでもまろとみるくが入ってこられる。

いつもまろとみるくと寝ている柚子のことを考えた設計。至れり尽くせりだ。

「内装が気に入らないなら別のを用意させるが……」

「十分です！」

これ以上のものなど必要ないほどにいろいろとそろっている上、質もいい。さわってみたベッドの弾力加減といったら最高である。

ふたりの寝室と言っているが、むしろ広くなって以前よりゆったりと眠れそうだった。

「アオーン」

「ニャン」

早速扉の猫用出入り口を使ってまろとみるくが入ってきて、新品のベッドに上がり込んだ。どうやら二匹共気に入ったようで、お腹を見せてゴロンゴロンとしている。

「気に入ったの？」

うりゃうりゃとまろのお腹を撫でてやれば、くすぐったそうに嫌がり丸くなった。

そんなまろを見て柚子も隣に寝転ぶ。

「はぁ～。気持ちいい」

「柚子も気に入ったようだな」

玲夜は愛おしそうに微笑みながら柚子の隣に腰を下ろして、柚子の髪を梳く。

「玲夜の行動が早すぎてびっくりなんだけど」

「言質を取ったんだ。気が変わらないうちに行動しておかなければな。後になって嫌だと拒絶されたら困る」

「言わないよ……たぶん」

心臓がもたないと感じたら撤回するかもしれないが。それは柚子にも分からないことだ。

けれど、実際にこうして目の前にすると、どちらかというと嬉しい気持ちの方が勝っている。

どこかで、もっとずっと一緒の時間を共有したいと感じていたのかもしれない。

その時頭をよぎったのはサクのこと。

一緒にいたいと思いながら、たくさんの障害により愛する人と一緒にいることができなくなったサク。

愛する者を置いて、そばにいることを許されず、その手は永遠に離れてしまった。

彼女が今の世にまで続く悔恨を残すのは当然だった。

柚子にもいつそんな困難がやってくるかなど分からない。

病気になるかもしれない。事故に遭うかもしれない。

永遠でないことは柚子もよく分かっている。

けれど、できるなら一分一秒でも長く、愛するこの人のそばにいたいと願っている。

柚子はそっと玲夜の手に触れた。

「玲夜」

「なんだ？」

柚子に答える声は蕩《とろ》けるように甘く耳に届く。

「ずっとそばにいるよ。玲夜はきっと寂しがるから、私が玲夜を看取ってあげる」

玲夜は驚いたように目を見開いた。

こんなにも自分を愛してくれる人を残して逝けない。

愛する人の悲しい顔など見たくなどないのだ。

それならば、まだ自分が辛い方がいい。

「最後のその時までそばにいる」

「ああ」

「だから安心してね」

「ああ、約束だ」

歓喜と安堵の間のような嬉しそうなその笑みは、柚子が初めて見る玲夜の表情だった。

玲夜は言葉少なに答えた。それ以上の言葉が出てこないという様子の玲夜に、柚子は小指を差し出した。

「うん、約束ね」

ふたりは小指を絡めて、願いを込めた約束を交わした。

いつかきっと来るその日が悲しい別れとならないように。

特別書き下ろし番外編

会議中

とある深夜の空き部屋に小さな者たちが集まっていた。

柚子のためにと玲夜に作られたふたりの子鬼。

柚子へ加護を与え、護ることを誓った龍。

長い旅の末、ようやく魂の生まれ変わりを探し出し、寄り添うことを選んだ二匹の猫。

そんなふたりと三匹は、集まってヒソヒソと話し合っていた。

『うーむ。今回我はなかなか活躍できなかったと思わぬか？』

その問いに子鬼がこくりと頷く。

「思う」

「でも僕らも一緒」

ふたりの子鬼は玲夜の命令により普段は返事しかしないが、まろとみるく、そして龍の霊力を与えられたことにより、普通に言葉を話せるようになった。

これはここにいる者と玲夜しか知らない極秘事項だ。

『柚子を護ると言ったのに、役立たずだったではないか。そう思うだろう、お前たちも』

「アオーン」

「にゃーん」

『むっ、お前は昔からそうだから問題ないだと？　たわけたことを！　我とて役に立つのだぞ』

傍から見たら龍がひとりで騒いで怒っているようにしか見えない。

「アオーン」

『奴に捕まっておいてよく言えるな、だと？　あまりそんなことばかり言うと我とて泣いちゃうぞ』

「よしよし、龍も頑張ってる」

「僕たちも頑張ってる。でも、今回は相手が悪かった」

心優しい子鬼は役立たずの龍に対しても慰めるように頭を撫でてやる。

『おぬしら、なんと優しい。この猫どもとは大違いだ』

龍は子鬼に泣きついた。

それを見て、まろとみるくは怒鳴るような鳴き声をあげる。

「アオーン！」

「ニャン！」

「まろ、黙れ役立たずとか言っちゃ駄目」

「みるくも同意しない。龍は傷つきやすいから」

子鬼に守られる龍は威厳の欠片もない。

『優しい子たちだぁ！』

龍が感激しむせび泣くのを、みるくはなんとも冷めた目で見ていた。

そしてまろは冷静な眼差しで龍を見据える。

「アオーン？」

『それよりこれからどうするかって？　そんなの決まっておろう。あの男がいなくなったなら我らに障害はない。今まで以上に柚子を護って護って護るのだ』

「僕も頑張る」

「僕も柚子をいっぱい護る」

「アオーン」

「ニャオーン」

そうして、夜は更けていくのだった。

完

あとがき

こんにちは、クレハです。

本作品をお手に取っていただきましてありがとうございます。

鬼の花嫁シリーズも早いもので今作で四巻目となりました。

これまで応援してくださった方々のおかげです。

一巻のお話がいただけた当初はこれほどに連載させていただけると思っていなかったので今でも信じられない気持ちです。

今回はこれまでに幾度かお話の中に出てきた最初の花嫁に焦点を当てて書かせていただきました。

私の頭の中にある、桜の幻想的な雰囲気を文章で伝えられていたら嬉しいです。

特に、後半の最初の花嫁が桜吹雪の中で舞を舞う光景は絶対に入れたい場面でしたので、そこをどう表現しようかと一番悩んだところでした。

なので、皆様にうまく伝えられていたら幸いです。

他にも、今回はなかなか子鬼の活躍を書けなかったところは、子鬼がお気に入りの私としましては力不足が否めなかったかもしれません。

ですので、次巻ではもう少し子鬼の活躍を書けたらなと思っています。

他に今作でも気になるのは毎回イラストを担当してくださっている白谷ゆう様の描く表紙だと思います。

三巻での柚子が本当にかわいい表情をしていたので、今回の表紙も楽しんでいただきたいです。

私は毎回どんなイラストを描いてくださるのかと楽しみで仕方ありません。

今回は金木犀ということで、今度はどうなるのでしょうか。

五巻でまたお会いできましたら嬉しく思います。

今作も読んでくださった皆様に心から感謝をお伝えいたします。

ありがとうございました。

クレハ

この物語はフィクションです。実在の人物、団体等とは一切関係がありません。

クレハ先生へのファンレターのあて先
〒104-0031　東京都中央区京橋1-3-1　八重洲口大栄ビル7F
スターツ出版（株）書籍編集部 気付
クレハ先生

鬼の花嫁四
～前世から繋がる縁～

2021年９月28日　初版第１刷発行
2022年４月15日　　　第５刷発行

著　者　　クレハ　©Kureha 2021

発行人　菊地修一
デザイン　カバー　北國ヤヨイ
　　　　　フォーマット　西村弘美
発行所　スターツ出版株式会社
　　　　〒104-0031
　　　　東京都中央区京橋1-3-1　八重洲口大栄ビル7F
　　　　出版マーケティンググループ　TEL 03-6202-0386
　　　　（ご注文等に関するお問い合わせ）
　　　　URL　https://starts-pub.jp/
印刷所　大日本印刷株式会社

Printed in Japan

乱丁・落丁などの不良品はお取り替えいたします。上記出版マーケティンググループまでお問い合わせください。

本書を無断で複写することは、著作権法により禁じられています。

定価はカバーに記載されています。

ISBN　978-4-8137-1156-8　C0193

この1冊が、わたしを変える。
スターツ出版文庫　好評発売中!!

あらすじ

「見つけた、俺の花嫁」――人間とあやかしが共生する日本で、平凡な高校生・柚子は、妖狐の花嫁である妹と比較され、家族にないがしろにされながら育ってきた。しかしある日、類まれなる美貌をもち、あやかしの頂点に立つ鬼・玲夜と出会い、柚子の運命が大きく動きだす。

シリーズ一〜三巻
大好評発売中！

鬼の花嫁
〜運命の出逢い〜

鬼の花嫁 二
〜波乱のかくりよ学園〜

鬼の花嫁 三
〜龍に護られし娘〜

スターツ出版文庫　好評発売中!!

記憶喪失の君と、君だけを忘れてしまった僕。2～夢を編む世界～　小鳥居《ことりい》ほたる・著

生きる希望もなく過ごす高校生の有希は、一冊の本に出会い小説家を志す。やがて作家デビューを果たすが、挫折を味わいまた希望を失ってしまう。そんな中、なぜか有希の正体が作家だと知る男・佐倉が現れる。口の悪い彼を最初は嫌っていた有希だが、閉ざしていた心に踏み込んでくる彼にいつしか救われていく。しかし佐倉には結ばれることが許されぬ秘密があった。有希は彼の幸せのために身を引くべきか、想いを伝えるべきか揺れ動くが…。その矢先、彼を悲劇的な運命が襲い――。1巻の秘密が明らかに!? 切ない感動作、第2弾！

ISBN978-4-8137-1139-1／定価693円（本体630円+税10%）

半透明の君へ　春田《はるた》モカ・著

あるトラウマが原因で教室内では声が出せない“場面緘黙症”を患っている高2の柚葵。透明人間のように過ごしていたある日、クールな陸上部のエース・成瀬がなぜか度々柚葵を助けてくれるように。まるで、彼に自分の声が聞こえているようだと不思議に思っていると、成瀬から突然『人の心が読めるんだ』と告白される。少しずつふたりは距離を縮め惹かれ合っていくけれど、成瀬と柚葵の間には、ある切なすぎる過去が隠されていた…。“消えたい”と“生きたい”の間で葛藤するふたりが向き合うとき、未来が動き出す――。

ISBN978-4-8137-1141-4／定価671円（本体610円+税10%）

山神様のあやかし保育園二～妖こどもに囲まれて誓いの口づけいたします～　皐月《さつき》なおみ・著

お互いの想いを伝え合い、晴れて婚約できた保育士のぞみと山神様の紅。同居生活をスタートして彼からの溺愛は増すばかり。でも、あやかし界の頂点である大神様のお許しがないと結婚できないことが発覚。ふたりであやかしの都へ向かうと、多妻を持つ女好きな大神様にのぞみが見初められてしまい…。さらに大神様の令嬢、雪女のふぶきちゃんも保育園に入園してきて一波乱!?果たしてふたりは無事結婚のお許しをもらえるのか…？保育園舞台の神様×保育士ラブコメ、第二弾！

ISBN978-4-8137-1140-7／定価693円（本体630円+税10%）

京の鬼神と甘い契約～天涯孤独のかりそめ花嫁～　栗栖《くりす》ひよ子・著

幼い頃に両親を亡くし、京都の和菓子店を営む祖父のもとで働く茜は、特別鋭い味覚を持っていた。そんなある日、祖父が急死し店を弟子に奪われてしまう。追放された茜の前に浮世離れした美しさを纏う鬼神・伊吹が現れる。「俺と契約しよう。お前の舌が欲しい」そう甘く迫ってくる彼は、身寄りのない茜を彼の和菓子店で雇ってくれるという。しかし伊吹が提示してきた条件は、なんと彼の花嫁になることで…!?祖父の店を取り戻すまでの期限付きで、俺様&溺愛気質な伊吹との甘くキケンな偽装結婚生活が始まって――。

ISBN978-4-8137-1142-1／定価638円（本体580円+税10%）

スターツ出版文庫　好評発売中!!

『今夜、きみの声が聴こえる〜あの夏を忘れない〜』　いぬじゅん・著

高2の咲希は、幼馴染の奏太に想いを寄せるも、関係が壊れるのを恐れて告白できずにいた。そんな中、奏太が突然、事故で亡くなってしまう。彼の死を受け止められず苦しむ咲希は、導かれるように、祖母の形見の古いラジオをつける。すると、そこから死んだはずの奏太の声が聴こえ、気づけば事故が起きる前に時間が巻き戻っていて——。咲希は奏太が死ぬ運命を変えようと、何度も時を巻き戻す。しかし、運命を変えるには、代償としてある悲しい決断をする必要があった…。ラスト明かされる予想外の秘密に、涙溢れる感動、再び！

ISBN978-4-8137-1124-7／定価682円（本体620円＋税10%）

『余命一年の君が僕に残してくれたもの』　日《ひ》野《の》祐《ゆう》希《き》・著

母の死をきっかけに幸せを遠ざけ、希望を見失ってしまった瑞樹。そんなある日、季節外れの転校生・美咲がやってくる。放課後、瑞樹の図書委員の仕事を美咲が手伝ってくれることに。ふたりの距離も縮まってきたところ、美咲の余命がわずかなことを突然打ち明けられ…。「私が死ぬまでにやりたいことに付き合ってほしい」——瑞樹は彼女のために奔走する。でも、彼女にはまだ隠された秘密があった——。人見知りな瑞樹と天真爛漫な美咲。正反対のふたりの期限付き純愛物語。

ISBN978-4-8137-1126-1／定価649円（本体590円＋税10%）

『かりそめ夫婦の育神日誌〜神様双子、育てます〜』　編乃《あみの》 肌《はだ》・著

同僚に婚約破棄され、職も住まいも全て失ったみずほ。そんなある日、突然現れたのは、水色の瞳に冷ややかさを宿した美神様・水明。そしてみずほは、まだおチビな風神雷神の母親に任命される。しかも、神様を育てるために、水明と夫婦の契りを結ぶことが決定していて…⁉「今日から俺が愛してやるから覚悟しとけよ？」強引な水明の求婚で、いきなり始まったかりそめ家族生活。不器用な母親のみずほだけど、「まぁま、だいちゅき」と懐く雷太と風子。かりそめの関係だったはずが、可愛い子供達と水明に溺愛される毎日で——⁉

ISBN978-4-8137-1125-4／定価682円（本体620円＋税10%）

『後宮妃は龍神の生贄花嫁　五神山物語』　唐《から》澤《さわ》和《かず》希《き》・著

有能な姉と比較され、両親に虐げられて育った黄煉花。後宮入りするも、不運にも煉花は姉の策略で身代わりとして恐ろしい龍神の生贄花嫁に選ばれてしまう。絶望の淵で山奥に向かうと、そこで出迎えてくれたのは見目麗しい男・青嵐だった。期限付きで始まった共同生活だが、徐々に距離は縮まり、ふたりは結ばれる。そして妊娠が発覚！しかし、突然ふたりは無情な運命に引き裂かれ…「彼の子を産みたい」とひとり隠れて産むことを決意するが…。「もう離さない」ふたりの愛の行く末は⁉

ISBN978-4-8137-1127-8／定価660円（本体600円＋税10%）

書店店頭にご希望の本がない場合は、書店にてご注文いただけます。